CAR LA NUIT EST LONGUE

DE LA MÊME AUTEURE

Roman jeunesse

Le projet Persée,
Saint-Damien-de-Brandon,
Éditions du soleil de minuit, 2010.

La truelle magique,
Montréal, Guérin, 2001.

Le chef-d'œuvre de Lombrie,
Moncton, Bouton d'or Acadie, 1999.
Prix Lilla-Stirling.

Poésie

La trombe sacrée,
Ottawa, Éditions David, 2002.
Prix France-Acadie.

Sophie Bérubé

Car la nuit est longue

ROMAN

David

Catalogage avant publication de Bibliothèque et Archives Canada

Bérubé, Sophie, auteur
Car la nuit est longue / Sophie Bérubé.

(Voix narratives)
Publié en formats imprimé(s) et électronique(s).
ISBN 978-2-89597-439-0. — ISBN 978-2-89597-493-2 (pdf). —
ISBN 978-2-89597-494-9 (epub)

I. Titre. II. Collection : Voix narratives

PS8553.E78336C37 2015 C843'.54 C2014-908122-7
C2014-908123-5

L'auteure tient à remercier le ministère du Tourisme, de la Culture et du Patrimoine de la Nouvelle-Écosse pour son soutien financier lors de l'écriture de ce roman.

Les Éditions David remercient le Conseil des arts du Canada, le Secteur franco-ontarien du Conseil des arts de l'Ontario, la Ville d'Ottawa et le gouvernement du Canada par l'entremise du Fonds du livre du Canada.

Conseil des arts du Canada Canada Council for the Arts

ONTARIO ARTS COUNCIL
CONSEIL DES ARTS DE L'ONTARIO
an Ontario government agency
un organisme du gouvernement de l'Ontario

Ottawa

Les Éditions David
335-B, rue Cumberland, Ottawa (Ontario) K1N 7J3
Téléphone : 613-830-3336 | Télécopieur : 613-830-2819
info@editionsdavid.com | www.editionsdavid.com

Dépôt légal (Québec et Ottawa), 1er trimestre 2015

Pour Anne, qui m'a initiée aux bienfaits
des histoires racontées dans la nuit.

Tout cela n'est que la première minute, la première seconde, le choc initial comme certains l'appellent. Moi, je serais plutôt tenté de le nommer l'espoir initial. Ce premier moment où l'on entrevoit la magnitude du drame sans vraiment pouvoir l'assimiler. L'instant où l'on espère naïvement que dans quelque temps tout sera rembobiné, effacé.

Les premières secondes. Celles où l'on voit l'amplitude de l'évènement dans toute sa monstruosité, mais où tout est trop frais, encore trop imprégné de la vie d'avant pour qu'on puisse vraiment en mesurer l'impact. Pour qu'on puisse franchement se résigner à admettre que tout est désormais changé. Irréversiblement. L'espoir initial, celui qu'on ne pourra plus se permettre de ressentir, une fois qu'on se sera définitivement avancé dans le temps d'après. Avant, après. Il est tellement plus facile de penser à l'avant et à l'après que de penser à l'intolérable pendant.

Dans le temps d'avant, avant qu'elle ne revienne, j'avais entrepris de remettre à neuf les souliers de tous les membres de notre petite famille. Une occupation un peu frivole quand on pense à toutes les autres choses pressantes qui auraient pu m'occuper une fois que Shaya, notre petit amour, s'était endormie. Il y avait la vaisselle à terminer, le sac de poires qui attendait depuis trois jours d'être transformé en confiture de poires et gingembre, sans compter la traduction pour le ministère de la Faune que je m'efforçais d'ignorer, mais qui me narguait de l'œil béant et carré de mon ordinateur éteint. Le vent soufflait dehors et il assourdissait un peu les bruits de la ville. Je m'étais installé près de la porte d'entrée, parce que c'est là qu'on retrouve la plupart de nos chaussures, mais aussi pour voir Kaï dès son arrivée.

La scène se joue et se rejoue sans arrêt dans ma tête. J'entends ses pas dans l'escalier. Mon intérieur s'illumine. J'aime toujours la revoir. Regarder ses cheveux noirs briller et danser souplement autour de son visage. Me plonger dans son doux regard d'onyx. Sentir son odeur, ce parfum qui lui est propre. C'est un peu enfantin, mais lorsqu'elle revient, il y a toujours un léger suspense dans mon cœur. Un peu comme si j'allais recevoir un cadeau inconnu et mystérieux. Lorsque je lui dis à quel point je me réjouis de la voir, même si elle n'était partie que pour une soirée, elle rit un peu de moi. Gentiment. Mes penchants romantiques la font toujours sourire avec un éclat de tendresse qui me rend encore plus sentimental.

Ce soir-là, donc, j'étais assis par terre en train de nettoyer et de polir les souliers à côté de la porte d'entrée. J'ai entendu la porte d'en bas s'ouvrir avec ce petit grincement qui lui est particulier pour ensuite se refermer doucement. Puis des pas dans l'escalier. Je mentirais si je disais que sa démarche était différente et qu'elle m'a alerté. J'avais du noir à chaussure sur les doigts. J'entendais quelqu'un qui montait l'escalier. Peut-être un peu plus vite qu'à l'habitude.

Mais je ne savais pas. Le tableau se répète constamment. Elle monte l'escalier.

En rétrospective, cette montée me semble interminable. Maintenant que je sais d'où elle revenait. Comme si chaque marche avait dû être escaladée des dizaines de fois. Comme lorsqu'on remonte un escalier roulant qui s'acharne à descendre vers nous.

Je l'imagine, ses cheveux pêle-mêle, ses mains croisées sur son cœur, son regard déchiqueté, qui monte et remonte l'escalier. Mais cela, c'est la vision du temps d'après. Avant qu'elle n'ouvre la porte, je ne voyais rien de tout cela. J'avais simplement hâte de la revoir.

Même si aucun courant d'air n'aurait pu entrer jusqu'en haut de l'escalier, je jure qu'un vent violent s'est engouffré avec elle dans notre appartement lorsqu'elle a ouvert la porte.

Ses mains m'ont inquiété. Leur étreinte contre l'étoffe de son manteau. Leur désarroi entrelacé sur son cœur. Puis le choc absolu de découvrir sur sa joue une longue trace de sang séché. Ensuite sa peau nue dans l'échancrure de son col en V. La peau chaude et dorée de sa gorge que je me plais tellement à contempler, à caresser, à goûter. C'est la vue de sa peau dévêtue juste à la naissance de sa poitrine qui m'a tout dit. Le choc initial. Le temps d'un battement de cœur fou, j'ai cru ne pas avoir bien vu. L'espoir initial. Elle ne pouvait pas être nue sous son manteau. C'était la fin de l'automne. Il faisait froid. Elle portait son cachemire noir à col roulé lorsqu'elle était sortie.

Puis j'ai aperçu sa sœur qui montait silencieusement derrière elle. Elle m'a regardé dans les yeux. Une douleur extrême émanait de son regard.

— Ils l'ont enlevée dans une camionnette. Ils étaient toute une gang, la gueule cachée dans des cagoules, les salauds. Ils l'ont violée… Pis après ils l'ont juste remise à la rue. C'est arrivé pas loin d'ici. Elle m'a appelée tout de suite après. Elle n'a pas voulu te contacter à cause de la petite. Nous sommes allées à l'hôpital. On lui a fait des examens. On va avoir les résultats demain. J'ai essayé de convaincre Kaï de mettre mon chandail, mais elle a refusé. Elle voulait seulement revenir ici le plus vite possible. Ici avec toi.

Seylin a pris la main de sa sœur.

« Vous m'appelez si vous avez besoin de quelque chose. »

Puis elle est partie après avoir pressé la main de Kaï contre ses lèvres. Kaï a refermé la porte comme on ferme un cercueil.

Le cri que j'aurais voulu pousser résonne sans fin. Le long gémissement que j'ai gardé silencieux me hante toujours. Il retentit encore dans l'écho de mon esprit lorsque j'imagine ce qui s'est passé. Lorsque je repense à ses mains, à sa peau dénudée.

J'aurais voulu la prendre pieusement contre mon cœur. Respirer ses cheveux. Essayer de la réconforter, tout en me rassurant moi-même qu'elle était encore tout entière. Puis la fureur m'a envahi comme le mascaret remontant le long de mon échine. J'aurais voulu gueuler. Demander à savoir exactement ce qui s'était passé, où c'était arrivé. Engueuler les salauds, les chiens sales qui avaient osé. Réprouver, condamner, battre, tuer les charognes qui l'avaient touchée. J'allais sortir tout cela d'un bloc. L'envelopper de toute la tendresse du monde tout en hurlant contre la démence des hommes, des mâles. Vocaliser ma fureur, comme je savais si bien le faire.

J'avais déjà inhalé l'inspiration qui allait précéder ma litanie déchaînée lorsque j'ai aperçu son regard. Son regard brisé, abattu, mais avec une étincelle à peine visible d'une rage extraordinaire. Une rage qui pouvait se déchaîner instantanément. Contre le premier venu. Contre moi. En ce bref moment, j'ai compris comme par miracle que je ne devais pas parler pour elle. C'est ce qui m'a sauvé, je le jure. Et ce qui l'a rescapée un peu elle aussi. Si j'avais continué sur mon élan, si je m'étais mis à bramer ma furie, c'était fini. J'aurais déraciné un espace titanesque entre elle et moi. Mais je me suis tu. Je l'ai juste regardée. J'ai à peine esquissé un geste vers elle, mais encore une fois j'ai vu dans ses yeux qu'il ne fallait pas bouger. J'ai maladroitement frotté mes mains noircies sur le vieux torchon et j'ai attendu. Silencieusement. Je comprenais petit à petit que j'allais devoir exécuter un tour de force. J'étais un funambule qui devait s'avancer sur une corde raide élimée. Je devais marcher à tâtons en espérant à chacune de mes foulées ne pas faire casser le fil. Et je devais m'abandonner complètement à elle, à ses ordres, aussi subtils soient-ils.

Je suis assis par terre chez nous, empêtré dans une pile de souliers et de boîtes de cirage à chaussure. La femme que j'aime est debout devant moi meurtrie, brisée. Mes yeux sont cloués sur son regard. Tout devient flou. Je maudis mes mains sales qui ne me sont d'aucun secours. Nous restons là silencieux. Je m'essuie gauchement les joues du revers de mes manches. Je pleure, je ne le dissimule pas, mais je le fais sans bruit.

Puis, imperceptiblement, je la vois qui commence à grelotter. Je le devine à sa mâchoire qui bouge rapidement, de façon incontrôlable de haut en bas. Je pense en un éclair à sa bouche, à nos baisers passionnés, au plaisir sain et bon que l'on a si souvent partagé. Mais c'est comme si une énorme grille de fer s'abattait sur notre intimité.

De quel droit puis-je penser à ça après ce qui vient d'arriver ?

Elle tremble maintenant. Son corps entier est envahi de faibles soubresauts. Le plus silencieusement possible je me lève. Sans la quitter du regard, je me dirige à reculons vers notre chambre à coucher. Du revers de mes mains sales, je m'empare maladroitement du lourd édredon vert marine recouvert de baleines. Une folie familiale qu'on avait achetée juste parce qu'il nous faisait rêver à un bord de mer qu'on ne voit pas assez souvent. L'édredon qui a abrité nos amours, nos différends et nos nuits. Je retourne vers elle. Le plus légèrement possible, je lui dépose l'édredon sur les épaules et la dirige délicatement vers le salon. Elle me suit. Je comprends à sa démarche un peu scandée qu'elle a mal jusqu'au creux de son corps. Nous nous asseyons de côté, en face l'un de l'autre, sur le vieux canapé usé du salon. Je lis dans ses yeux que je n'ai pas perdu l'équilibre, le fil tient toujours. J'attache mon regard sur elle, mais tout redevient flou, inondé comme un pare-brise au lave-auto.

Puis vient le temps du tourbillon, de la tornade mentale. Tous les détails de la tragédie s'ouvrent en éventail et chacun devient un déploiement sordide et élaboré. On voit parader devant nous toutes les conséquences à venir, des plus anodines aux plus essentielles. On se sent pris de vertige parce que l'on comprend profondément et clairement chacune de ces moindres implications. On saisit momentanément tous les éléments qui composent le malheur qui nous frappe. Cette limpidité d'esprit n'est que passagère. Pendant un instant tout est net et précis. Tout est en place. Le moment suivant, l'ouragan de nos émotions frappe de plus belle et nous laisse déconcertés, perdus. Il faudra des mois, qui sait, même des années avant d'arriver à reconstituer cette carte émotionnelle de toutes les régions dévastées. Mais on conserve quelque part en nous cet aperçu. Et chaque fois qu'on se retrouve face à un autre aspect du désastre, il nous semble vaguement familier. On se sent obscurément en territoire défriché.

Après la clarté, lorsque la confusion revient, on s'accroche désespérément en attrapant au vol un des détails qui faisait partie de la mosaïque distincte qui s'envole en mille miettes dans la tempête de nos pensées. Ce détail devient une idée fixe, un radeau minuscule et inadéquat. Une planche de salut qui nous maintient à peine à flot. Un vieux morceau d'espérance séché, ballotté dans une mer de chaos.

Elle est là, assise ou plutôt repliée sur sa douleur. Et l'idée qui me revient sans arrêt à l'esprit, c'est de déménager. Partir de la ville. On en parlait déjà avant, mais maintenant ce n'est plus une vague interrogation, c'est une évidence absolue, une certitude. Cette ville maudite est dangereuse, empoisonnée.

Pendant une fraction de seconde, j'entrevois les nombreux petits instants de bonheur qu'on a empruntés à ce géant cosmopolite. On a vécu de bons moments ici. Pas toujours dans le même quartier, mais ici tout de même. C'était chez nous. Dans le temps d'avant. Je me rappelle les printemps fringants avec leurs premiers petits déjeuners du samedi matin sur la galerie d'en arrière à héler les voisins pendant que la neige mouillée glissait et dégouttait en gros paquets le long des toits. Je me replonge dans les étés cuisants, assaisonnés d'odeurs et de couleurs exotiques à déambuler le long des rues voisines de notre appartement au son des meilleurs joueurs de jazz au monde. Je refrissonne les hivers aux vents fous quand tout était immobilisé par la millième tempête du siècle et que la ville devenait un grand désert de neige où il était drôle de jouer aux naufragés du froid. Et l'automne, emmitouflés dans d'épais chandails de laine, embrassés par les toisons de tous les moutons de la Grèce moderne et antique. Mais cette même ville est maintenant devenue un monstre affreux. Même la petite marche qu'on fait tous les samedis de la boulangerie toute chaude jusqu'à la bibliothèque municipale pour aller emprunter les livres du chat botté et de Madame Ming ne semble plus inoffensive et amusante avec tous nos arrêts rituels et enfantins. Même cette petite promenade ne semble plus prudente.

Il faut déménager. Je me surprends à devenir complètement obsédé par ce fait. Autour de moi dans le salon, les meubles et bibelots n'existent déjà plus. Ils sont remisés dans des boîtes de carton, au fond d'un grand camion de déménagement qui roule vers l'autre bout du monde. Le plus loin possible de ce salon, de ces rues sales et mauvaises.

Comme si la distance pouvait effacer ce qui est imprimé pour toujours dans le corps de Kaï. Comme si le fait de partir pouvait nous ramener en arrière, dans le temps d'avant. L'espace d'avant la tragédie où tout ne signifiait pas la douleur, les déchiquètements intérieurs.

Je regarde Kaï dans les yeux et je ne la reconnais plus. Elle est là, mais elle est partie. Loin, enroulée dans sa coquille rien qu'à elle, le seul endroit où elle peut encore respirer. Son souffle, je le remarque, est syncopé. Il reste en surface, loin de la profondeur de son corps. Loin de l'épicentre. Aussi distancé d'elle-même que la survie peut le permettre.

Je ne peux pas lui parler. Les mots restent accrochés dans ma gorge comme des arêtes de poissons gigantesques. Je voudrais trouver les paroles qui pourraient la réconforter, mais je sais que le mot réconfort est impossible dans cette nouvelle réalité. Et aucun autre langage ne peut venir à mon secours dans le temps d'après. Aucun dictionnaire ne peut traduire «réconfort» dans cette réalité insolite et déformée. Une vérité qui commence plus tôt pour elle que pour moi. Et avec tellement plus de violence. En ce qui me concerne, la violence n'est que dans l'observation de mon amour brisé. Pour Kaï, cette même cruauté fait domicile au plus vrai de son intimité. De pore en pore, de cellule en cellule, jusqu'au bout de ses cheveux entremêlés.

J'ai perdu quelque chose ce soir, quelque chose qui ne m'appartenait même pas. Un partage intangible. Un terrain d'abandon qui était strictement un lieu de rencontre. Une entente. Une réunion. Tout est maintenant démantelé, un siège d'auto abandonnée qui vomit ses entrailles métalliques. Moi, moi, moi. Qu'est-ce que j'ai donc à penser à ce que j'ai perdu alors que Kaï...

Assise devant moi.

Violentée.

Meurtrie.

Je me demande si elle est blessée. Je veux dire littéralement blessée. Puis, c'est la panique. Est-ce qu'un enfant a été conçu ? Les maladies. Le sida. La mort. Je me sens pris d'un énorme vertige. J'avance sur une autoroute trop achalandée. Je dois en sortir. Mon estomac prend la bretelle trop vite. Je me lève. La regarde. J'essaie d'articuler mes pensées. Ma voix est une pâte informe qui ne veut pas se laisser maîtriser. Et puis ses yeux. Je ne conduis pas. Je ne vais nulle part. Elle est au volant. Je dois me rasseoir. Il va falloir boucler ma ceinture. Ce sera un des plus longs voyages. Une destination qui demeurera toujours secrète pour moi, même lorsqu'on sera finalement arrivé.

C'était un peu comme ça à la naissance de Shaya. Moi debout, un peu trop grand, un peu trop carré, un peu trop maladroit à côté du lit métallique de l'hôpital. J'essayais de toucher, de réchauffer, de réconforter. Le réconfort, un mot plus plausible à ce moment-là que maintenant, même s'il m'avait fallu faire une recherche intérieure intense pour trouver comment exprimer ce réconfort pendant que mon amour enfantait. Je la regardais, je tentais de respirer avec elle comme on nous l'avait enseigné dans les cours prénataux. Mais je ne pouvais m'empêcher de penser à mes souliers. À leur indécence, leur incongruité. Comment pouvais-je porter des souliers, de gros souliers bruns d'homme qui avaient parcouru les trottoirs souillés de la ville pendant que ma belle accouchait ouverte, vulnérable, exposée ?

Ma belle. Ma biche blessée. Ses yeux me corrigent. Pas ma biche, ma louve, une louve écorchée. La ville. Les trottoirs de la ville. Où est-ce que c'est arrivé ? Comment ? Qui ? Pourquoi ? De quel droit ?

Je me penche vers elle, j'ai marché sur place, je ne suis allé nulle part, debout à côté d'elle comme si le plancher de notre salon s'était momentanément transformé en une grande plate-forme tournant en rond. Même si je courais, je ne pourrais aboutir nulle part. Il n'y pas d'issue, je ne peux me sauver. Et je ne veux pas me sauver, je veux être avec mon amour, mais je ne sais plus comment.

C'est ma douceur qui l'a toujours impressionnée. Quand nous nous sommes rencontrés, elle me disait toujours : comment peux-tu être si doux et si grand en même temps ? Comme le grand géant vert. Un ogre végétarien, c'est ce que je suis. Ce que j'étais pour elle.

Je m'assois de nouveau en face d'elle. Et lui tends la main. Elle reste immobile. Je ne suis plus le gentil géant. Elle soupire.

— Christophe, tes mains !

Est-ce sa voix ou la mienne ?

Je regarde mes paumes et mes doigts noircis de cirage à chaussure. Et je me lève hésitant, les mains ouvertes en face de moi comme une vieille offrande sale. Elle baisse les paupières en signe d'acquiescement. Je me dirige vers la salle de bain.

La première fois que j'ai vu Kaï, elle était assise à la terrasse du café où je travaillais au centre de mon village au bord de la mer. Les pieds sur la chaise, elle tenait ses genoux repliés contre son corps et riait en parlant avec un type aux longs cheveux attachés par un lacet de cuir. Je me souviens de l'avoir vue et d'avoir pensé qu'elle était une apparition venue du fond des eaux, une déesse de la mer. Ses cheveux noirs brillaient tellement qu'on aurait pu les croire mouillés. Je me suis arrêté tout net, planté sur le bord du chemin. Incapable de bouger comme si mes jambes s'enfonçaient tranquillement dans le sol. J'étais au travail. Dans la cuisine du café, le chef cuisinier attendait mon retour avec la commande d'épicerie, mais je n'arrivais pas à avancer. Elle était là et moi je me devais de rester pour la voir, simplement la voir. Depuis le tout début, ça a toujours été tout simple pour moi avec Kaï. Juste comme ça, la voir, la sentir, l'écouter, la toucher, c'est tout ce dont j'ai besoin, rien de plus.

La toucher. Plus maintenant. Je reviens au salon, je la regarde et tente de trouver comment la rejoindre. Elle me regarde aussi, mais on dirait qu'une épaisse vitre pare-balles s'est glissée entre nous. Puis, imperceptiblement, ses yeux changent légèrement. Un iota de vie qui me réjouit, presque. Qui me ferait sourire si on était dans le temps d'avant et si ce minuscule contact, cette infime perche m'était tendue après qu'elle m'eut servi son silence matrimonial des jours de grandes chicanes.

Mais dans le temps d'après, cette petite affirmation me fait pleurer. Toujours sans bruit. Mes larmes coulent. Je ne veux pas pleurer ses pleurs, m'approprier ses émotions. Je me retiens et me laisse aller en même temps. Il ne me faut pas envahir son désastre. Je suis grand, bruyant, excessif, mais plus maintenant. Je lui tends la main. Elle ne la prend pas. Elle y dépose la sienne. Je sens à son toucher que je ne dois que recevoir. Ma main paume ouverte, la sienne placée légèrement par-dessus. Elle est la neige, je suis le sol, et l'hiver qui n'est même pas encore commencé.

Ses mains sont fines. Ses doigts longs. Des mains de pianiste.

Au bord de la mer, j'avais passé le reste de la journée comme dans un rêve. De retour à la cuisine avec mon sac de carottes et de poireaux, j'avais eu du mal à me concentrer sur mon travail. Un de mes doigts avait écopé. Une petite coupure, rien de très grave. Et à toutes les occasions, j'inventais des raisons pour passer devant la terrasse où elle était, semblait-il, établie jusqu'à la fin des temps. À chaque passage, je me sentais m'affaisser un peu. M'écrouler dans un magma de couleur de feu. Et le soleil qui s'étirait et prenait des heures à se coucher sur la mer. Derrière elle, de l'autre côté de la rue.

Mon petit village prenait des airs de festival pendant tout l'été. Chaque soir, c'était la fête, le party de l'année. À la fin de mon *shift*, à ma sortie de la cuisine agitée, je l'avais cherchée du regard. Mais elle avait disparu. Elle avait été assise à sa table toute la journée jusqu'en début de soirée et voilà que, comme une mauvaise blague qui finit en queue de poisson, elle n'était plus. Avait-elle vraiment existé ? Ou était-elle seulement un mirage, provoqué par le soleil et l'air salin ?

Il y avait de la musique *live* au café ce soir-là. Un groupe de Montréal en tournée. Mon penchant était plus pour la mer, le bruit des vagues et le souffle du vent que pour la musique. Surtout après douze heures dans une cuisine surchauffée. Mais le son du piano a retenu mon attention. C'était le bruit de l'eau, le souffle du vent soutenu par un doigté voluptueux. Le type aux cheveux longs enlaçait une grande basse ambrée. Et elle était là. Les doigts qui faisaient vivre le piano, c'étaient les siens.

Les mêmes doigts qui touchent maintenant ma paume. Sans bouger, sans caresse. Mais il faut bien recommencer quelque part lorsqu'on nous a dérobé notre amour.

Un sentiment de gratitude m'envahit et me surprend. Au moins, on ne lui a pas arraché les doigts. Au moins, elle pourra encore jouer du piano. Même si son cœur n'y est pas, même si ça prend des mois. Elle va rejouer du piano un jour et c'est ce qui va la sauver. Elle est une artiste et les artistes ont ce pouvoir de se relever de leurs cendres, ils sont des dragons déterminés. Kaï est elle-même un dragon. C'est son signe astrologique chinois. Elle va s'en sortir.

Sa main contre la mienne se soulève presque. Je la regarde. Ses yeux sont toujours vides. Je me sens retomber tout au fond du gouffre. Qui parle de s'en sortir ? Le tourbillon reprend. J'essaie de rester à la surface, mais je coule, je coule rapidement. J'étais en haut de l'escalier. Dans le temps d'avant. Je ne me demandais pas si mon amour allait vivre encore, sourire à nouveau. Si elle allait jouer du piano, faire vibrer ses sentiments sur les touches du piano. Et puis d'un coup la porte s'est ouverte. Elle est entrée et tout ce qui appartenait au temps d'avant a été bousculé. Détruit. Réduit à rien. Tout cela parce que des sales types ont décidé de prendre ce qu'elle a de plus intime et d'en faire un massacre. Tout cela pour leur agrément. Pour leur gratification personnelle. À cause de leur attraction malsaine pour l'agression et la violence. Ma rage se dresse à nouveau comme un monstre marin qui sort la tête de l'eau dans un recul violent. Je veux sortir de l'appartement et arpenter les rues de la ville jusqu'à ce que je retrouve les salauds. Je veux les torturer. Leur arracher les couilles. Les castrer. Castration obligatoire pour tous les violeurs. C'est la seule notion acceptable. Kaï, ma femme, ma compagne, ma douce, mon amour, a été violée.

Je n'en peux plus. Le silence me tue. Son silence. Mon silence imposé. Je déteste ce salon où nous sommes assis. C'est un décor sordide comme dans une pièce de théâtre minable où les personnages nous font pitié, où les acteurs nous font pitié. Une pièce au texte lamentable et au jeu pitoyable. Une pièce tellement stupide qu'on sort sans culpabilité avant la fin du premier acte. Il faut que je bouge. Kaï mon amour. Ma vie. Il faut faire quelque chose. Je veux un changement. C'est trop lourd. C'est trop fou. C'est trop sordide. Qu'est-ce qui est arrivé? Je veux comprendre. Savoir. Mes pleurs se sont accélérés. Ce sont de gros sanglots maintenant. Je tremble. Je brasse de tous les côtés. On dirait que le divan se met à tanguer. Je n'en peux plus.

Kaï se lève difficilement. Elle déploie le lourd édredon et m'invite à la rejoindre. Je me blottis contre elle. Elle s'appuie contre mon flanc. La chaleur me calme un peu. J'essaie de respirer. Mon souffle en trémolo.

— Peux-tu me dire ce qui est arr…

— Non, toi. Tu me parles. C'est la seule chose. Pendant tout… Je voulais seulement t'entendre. Parle-moi. Raconte.

— Une histoire?

Elle acquiesce. Comme c'est bon de sentir son corps bouger contre le mien. Même si c'est un mouvement minime, à peine perceptible. Elle bouge, tout contre moi. C'est déjà plus normal. J'ai les mains propres, plus de cirage à chaussure. La porte est fermée, verrouillée. La rue n'existe pas ici. Elle respire. Je respire. Sa tête légèrement appuyée contre mon épaule. Notre édredon. Un béluga juste sous son menton. Un épaulard contre mon cœur.

« Une histoire comme j'en invente pour Shaya. Une histoire pour les tout-petits? »

— Non, une histoire pour moi.

Je prends une longue inspiration. Et me sens tout étourdi.

La carte topographique du désastre est devenue plus floue et trop immense pour que je puisse l'interpréter. C'est impossible maintenant de cerner le cœur du séisme. Tout est douloureux, tout est inconnu. Une histoire ? Je ne saurais trouver les mots qu'il faut. Tout ce que j'ai à faire, c'est de lui raconter quelque chose et je suis normalement un moulin à histoires ! C'est ce que j'essaie de faire avec ma vie, inventer, écrire des histoires. J'en invente sans cesse pour Shaya. Elle me regarde de ses grands yeux noirs. M'écoute comme si mes paroles étaient faites de bonbons, de sucres d'orge transparents et roses tels qu'elle les adore. Elle est si attentive, si sérieuse. Et, lorsque j'assaisonne le tout d'un petit peu d'humour, elle prend d'abord cet air étonné, presque outragé avant d'éclater d'un rire frais et cristallin. Si je pouvais embouteiller ce rire, il serait la panacée à tous les maux de notre monde fou, la cure à toutes les maladies connues et inconnues.

Kaï presse sa main contre la mienne.

— Christophe…

Je la regarde. Ses yeux sont sans vie. Une histoire. Une histoire pour leur redonner un peu d'éclat. Mais quoi ?

Je toussote pour m'éclaircir la voix. C'est d'un ton un peu enroué que je commence.

— Shaya, quand elle rit, elle…

— Non !

C'est un cri. Un couperet au tranchant acéré qui m'interrompt instantanément. J'avais raison, je dis n'importe quoi. Je ne sais trouver le fil de l'histoire qui lui fera du bien. Je panique. Qu'est-ce que je vais faire ? Elle m'a demandé de la distraire et je n'y arrive pas. Si c'était moi le musicien, ce serait plus simple. Je pourrais tout bonnement m'asseoir au piano et laisser mes doigts parler. Mais ma voix ? Ma voix est éteinte. Faire de la musique semble infiniment plus simple. Surtout pour elle. La première fois que je l'ai entendue jouer ce soir-là au Café de la mer, j'ai cru que j'entendais une musique céleste. La douceur et la maîtrise qu'elle mettait dans son jeu m'avaient époustouflé. Et je n'étais pas le seul. Le café tout entier s'était arrêté. Pour l'écouter. Pour savourer chaque son. Chaque bouffée de vie qui semblait naître au bout de ses doigts.

À la fermeture, la dernière note résonnait encore et je me suis dirigé droit vers elle. Je n'ai pas l'habitude d'être timide. J'engage facilement la conversation, mais devant elle, ce soir-là, j'avais perdu tous mes moyens. Je ne l'ai pas abordée avec mes salutations habituelles : « D'où tu viens ? C'est vraiment beau ce que tu joues ! » Non, tout ce que j'ai trouvé à lui dire c'est…

Sa main sur la mienne. Elle s'apprête à se refermer sur elle-même. Je le sens au mouvement ténu que son imperceptible recul donne à l'édredon. Les baleines vont migrer, je risque de perdre mon amour et même ma petite famille tout entière. Je la regarde. Il faut que je plonge, que je dise la première chose qui me vient en tête. Ne pas parler de Shaya. C'est une des consignes. Mais quoi ?

Le Café de la mer me hante. Cette soirée où je l'ai rencontrée. Je me lance :

« Tu viens de nous jouer la mer, est-ce que je peux t'emmener la rencontrer ? »

Sa paume contre la mienne se détend.

« Elle se leva. Elle était plus petite qu'il ne l'avait imaginé, mais en même temps elle avait une présence immuable. Elle leva la tête vers lui et sourit. Ils n'échangèrent aucun mot alors qu'il la guida silencieusement vers la côte. »

Je m'interromps. Est-ce que je suis sur la bonne voie ? Je la regarde. Son visage tuméfié me fait mal, mais ses yeux me suivent. Elle murmure :

— S'il te plaît.

Son regard s'éveille. Je n'ose pas bouger.

— C'est bon, ça te va. Tu veux une autre histoire que la nôtre, une histoire inventée ?

— Non continue, réinvente-nous.

« Ils ont traversé la rue et se sont éloignés des échos des derniers clients qui sortaient du café. Il ne la mena pas vers la grève des galets. Tout le monde allait se retrouver là. C'était la coutume. On y faisait un grand feu et on y apportait les guitares, les tambours, les flûtes. Une grosse improvisation de nuit. Mais il voulait ne garder en tête que sa musique à elle. Et le bruit des vagues et du vent. Rien d'autre. Et il ne tenait pas particulièrement à ce qu'elle rencontre les autres musiciens du coin qui auraient pu l'ensorceler avec leurs instruments. Il n'avait rien à offrir, juste son appréciation, pas de talent bien à lui.

Le quai où son frère amarrait le bateau pour aller aux baleines appartenait à leur oncle. C'était une jetée particulièrement longue. Lorsqu'on s'assoyait au bout, on était tout entouré d'eau. Il la guida dans la pénombre jusqu'au bout du quai. La lune n'était qu'un petit croissant d'argent, mais les étoiles tentaient de se surpasser. Le bateau de Terry dodelinait avec les vagues. Ils se sont assis tous les deux, face au large. La brise soufflait paisiblement.

Dans le noir, il ne sentait pas le besoin de parler. L'air du large, le vent léger, les astres qui brillaient au-dessus d'eux avaient pris la relève. Pas besoin de mots, de gestes. Il pouvait juste être assis là, près d'elle sans bouger. Lui, qui d'habitude était le plus bruyant, le plus grand placoteur du coin. Le portrait de son grand-père Boileau, avec la même habileté que lui à garder tout le monde aux aguets avec ses idées de fous et ses histoires à n'en plus finir. Mais pas ce soir-là. Cette nouvelle venue, cette musicienne aux cheveux d'ébène lui faisait découvrir un chapitre de son âme qu'il n'avait jamais lu. Le silence qui l'habitait, ce n'était pas un silence maladroit où l'on veut se racler la gorge et essayer de trouver quelque chose d'intelligent à dire. Non, c'était un retour au silence, comme un retour chez soi. À la source même de l'être. Il connaissait ce silence lorsqu'il était seul, mais jamais il ne l'avait partagé avec quelqu'un d'autre. Normalement, l'autre l'appelait toujours, l'entraînait à sortir de sa tanière et à hurler à la lune. Plus fort que tous les autres, si possible.

La mer parlait pour eux aussi. Les vagues au bord de la plage semblaient se briser juste pour donner un rythme à leur quiétude. Dans le noir on ne savait plus où commençait son corps, où finissait l'air salin. C'était comme si on flottait sans toucher l'eau. Un moment intemporel, dans un espace illimité. Ça avait duré longtemps comme ça. Ou pas si longtemps. Ça avait juste été un temps hors du temps qu'ils avaient partagé. Ce n'est ni lui ni elle qui avaient interrompu le silence. C'était son frère, Terry, celui qui amenait les touristes aux baleines. Ils avaient entendu sa voix qui s'avançait sur le chemin. Il parlait bruyamment et ponctuait son discours d'un rire qui ressemblait à un aboiement de chien heureux. Le son s'était approché résolument de même que le bruit de ses pas. Jusqu'à ce que le quai tangue un peu. Ils étaient restés silencieux.

Terry était normalement plutôt taciturne. C'était le penseur, le rêveur, mais ce soir-là, il était évident que Terry avait un peu bu et qu'il avait beaucoup à dire. Sa compagne se tenait agrippée à son bras et titubait un peu. Les deux s'avançaient dans la pénombre comme deux ombres dansantes.

— Te voilà le frère. C'est une maudite belle nuit hein ?

Il n'avait pas répondu. Silence mélangé aux bruits de la mer.

« Oh ! T'es pas tout seul ! Je m'excuse. Mais dis donc, est-ce que tu te serais fait couper la langue ? »

Il s'était tourné vers sa compagne qui tanguait un peu plus vite que le quai.

— Hé, Marie-Josée, ça, c'est mon frère Christophe. Pis les jeunes, la soirée est belle, ça vous tenterait d'aller faire un petit tour de bateau dans la nuit ?

Marie-Josée, l'amie de Terry, s'était mise à crier d'une voix stridente.

— Oh oui ! Un tour de bateau dans le noir ! Terry, oui, c'est une super bonne idée ! Oh que j'aime ça être au bord de la mer ! »

Je m'interromps pour m'assurer qu'elle est encore avec moi. Tout au long de mon récit, j'ai gardé les yeux rivés sur elle, mais j'ai besoin de prendre le temps de tout évaluer. Son souffle semble plus calme. Ses yeux sont ouverts bien qu'elle ne me regarde pas. Sa main, dans la mienne, s'est laissé amadouer et je la tiens maintenant délicatement en relevant un peu les doigts. Son corps est lové contre le mien.

Je remarque que je suis un peu essoufflé. Je lui ai raconté le début de notre épopée tout d'un trait. J'avais tellement peur de ne pas raconter la bonne histoire, de ne pas être à la hauteur. Je veux tellement la soutenir, la distraire, l'aider à se sentir mieux.

Je regarde Kaï. Je vois Kaï. Pour la première fois depuis le début de cette sordide soirée, je ne vois pas la femme qui s'est fait attaquer. Je vois une femme que je connais très bien, ma compagne, la mère de ma fille. En cet instant, je perçois Kaï d'une façon unique, une perspective que j'oublie parfois, dans le train-train quotidien. La vision que j'avais eue ce soir-là au bord de la mer. Avant, pendant, ou même après que Terry fut arrivé, peu importe, ce qui compte c'est que j'avais vu Kaï et que j'avais compris en un coup d'œil qui était cette personne que je rencontrais pour la première fois. J'avais vu une femme digne, sacrée, avec une force incroyable et une très grande vulnérabilité. Comme lorsqu'on voit des photos de notre boule de terre qui ont été prises de l'espace et qu'on reconnaît la majesté de notre planète tout en découvrant aussi la fragilité et l'impressionnant équilibre qui la maintient en orbite dans un univers infini. On pourrait probablement en dire autant de chaque être humain, mais cet aperçu dans l'absolu d'un autre, je ne l'avais jamais véritablement expérimenté avant ma rencontre avec Kaï. La seule autre personne que j'ai vue avec autant de précision, c'est ma fille, Shaya, lorsque je l'ai tenue contre mon cœur pour la première fois.

Kaï bouge légèrement contre mon flanc. Je la regarde et je continue de la voir, de vraiment la voir. J'enchaîne :

« Il répondit à peine à son frère. Il avait les yeux fixés sur elle… Je pourrais continuer et décrire leur départ en bateau, la voix trop aiguë de Marie-Josée, alors que l'embarcation prend de la vitesse. Et puis la catastrophe lorsque tout à coup elle s'était mise à avoir le mal de mer. La gentillesse de la belle étrangère qui s'était agenouillée près d'elle et qui l'avait réconfortée et ensuite qui l'avait aidée à se nettoyer. Non, je ne vais pas raconter cette partie du récit en détail, je vais parler de lui, ou plutôt de moi et du regard que j'ai posé sur toi à ce moment-là. Je te... »

Kaï m'interrompt. Pas avec sa voix. Avec son souffle, avec son corps qui se raidit contre moi. Je l'interroge du regard.

— Lui et elle, c'était mieux que toi et moi?

Elle acquiesce.

« Si je dis toi, c'est trop près de maintenant. De ce soir... »

Qu'est-ce que je raconte? Mais tais-toi donc Christophe! C'est exactement ce qui se passe et je le sais. Pas la peine de lui demander. Elle veut de la distance, de la distraction et moi je vais tout faire rater. Je vais la perdre! C'est que je veux qu'elle me donne quelque chose. Je veux qu'elle me parle, qu'on discute, qu'on échange. Je veux aussi des détails. Je veux savoir exactement ce qui est arrivé ce soir et tout ça c'était une façon détournée de le lui demander, d'aborder le sujet. Mais non, inutile. Je dois faire ce bout de chemin seul. Il me faut vivre avec l'incertitude, la non-connaissance de ce qui s'est passé. Jusqu'à ce qu'elle décide de tout me raconter, demain, dans un mois, jamais...

— Je procède à la troisième personne?

Elle hoche la tête.

— Kaï et Christophe? Ou est-ce que je dois changer nos noms? Frank et Sarah? Olivier et...

— Christophe!

Je vois la douleur qui l'habite. Les souvenirs atroces qui la minent. Je regrette d'avoir même pensé à la taquiner.

— Bon, bon, je continue.

« Christophe regardait Kaï. Il ne voyait que sa silhouette dans le noir. Puis ses yeux s'étaient accoutumés à la noirceur et le visage de Kaï lui était apparu dans la pénombre. Et il avait eu l'impression de la connaître. De la reconnaître. Bien sûr, la beauté de ses traits réguliers, l'exotisme de son faciès asiatique ne lui avaient pas échappé. Mais il avait vu au-delà de ces signes extérieurs de son apparence. Il avait cru voir son âme. Et c'est une vision qu'on n'oublie jamais. Qui nous colle à l'esprit, qui nous envahit au plus profond de notre existence. Il avait ressenti une grande tendresse. Et une admiration démesurée. Les mots, les regards, les expressions de l'autre nous touchent toujours, mais cette rencontre pour Christophe était plus profonde que tout.

À mesure que la soirée avançait, il avait été touché par l'intelligence de Kaï. Par sa façon d'en dire long en très peu de mots. Il avait observé sa compassion auprès d'une Marie-Josée en larmes et enivrée qui s'était accrochée à elle et lui avait raconté sa vie tout entière entre deux haut-le-cœur. Il était tombé amoureux, mais pas comme d'habitude. Il n'avait pas ressenti la soif du jeu, le petit tressaillement qui nous fait nous demander comment on va arriver à faire en sorte que cette autre personne nous remarque, nous parle, veuille nous séduire. Non, il ne voulait pas se l'approprier. Il devinait déjà qu'elle n'était pas du type qu'il aurait pu attirer dans ses tentacules, comme il l'avait si souvent déjà fait avec d'autres. Elle était impalpable, un poisson souple et ombré qui ne suit que son propre courant. Mais au lieu d'en sentir du dépit, il avait éprouvé un grand sentiment de calme, comme la mer lorsque très rarement elle se transforme en miroir.

La nuit était exceptionnellement douce. Le vent soufflait à peine. Terry, qui était un navigateur hors pair, avait dirigé son bateau par cœur dans la noirceur jusqu'à l'endroit le plus propice pour voir les baleines. Et là, il avait jeté l'ancre. L'embarcation avait roulé gentiment avec les vaguelettes. Marie-Josée s'était endormie sur un gros rouleau de cordage. Kaï l'avait recouverte d'un vieux manteau et était venue s'asseoir aux côtés de Christophe près de la proue.

Terry s'était avancé vers eux :

— *So, Chris, who is this young lady with you here?*

— Je m'appelle Kaï. Je ne détecte pas d'accent. Vous êtes Anglais ?

— De par notre mère. Notre père lui est Québécois pure laine. D'habitude, on parle anglais quand on veut pas se faire comprendre. Mais toi, j'imagine que tu parles français, anglais, pis chinois ?

Christophe écoutait son frère avec intérêt. Il voulait connaître les réponses à toutes ces questions, mais n'aurait jamais été capable de les poser lui-même. Il était trop subjugué.

— En fait, j'ai grandi à Montréal, mes parents sont nés au Canada et, fait étonnant, ils nous ont envoyés à l'école en français. Même avant la loi 101. Ils étaient un peu avant-gardistes… Ce qui fait que je parle français et je me débrouille en anglais. Ils ont bien essayé de nous inculper un peu de cantonais, mais ça n'a pas vraiment marché. Quand j'ai eu à décider entre prendre des leçons de chinois ou des cours de piano, ça n'a pas été trop difficile. Maintenant, je regrette un peu de ne pas parler la langue de mes ancêtres, mais je n'y peux rien.

— Intéressant ! Pis qu'est-ce qui t'amène au bord de la mer ce soir ?

— Je jouais au Café de la mer, pis Christophe m'a invitée à venir voir le bord de l'eau. J'aurais jamais rêvé de me retrouver en bateau, par exemple. C'est tellement beau.

Elle avait dit tout ça en regardant Christophe comme s'ils se connaissaient depuis toujours, comme s'il existait déjà entre eux une grande complicité. Il avait senti son cœur s'épanouir et le grand calme qui le berçait encore.

— Christophe t'a invitée à venir voir le bord de l'eau? T'es pas peureuse! Pis t'es pas la première à qui il propose ça!

Dans le noir, Christophe était devenu rouge comme un homard cuit à point, comme ceux qu'il préparait au Café de la mer.

— Dis donc Terry, t'as la langue bien pendue ce soir!

— C'était juste des blagues! Sérieusement, Kaï, mon petit frère est rien qu'un gros panda. Un gros ours qui mange même pas de viande, mais qui adore cuisiner!

En entendant Terry prononcer le nom de Kaï avant même que je n'en ai, oups je m'excuse, avant même que Christophe n'en ait eu la chance, il se sentit un peu misérable.

« Il est doux comme tout, notre Christophe. Quand il était petit, une fois, on l'a trouvé dans le cabanon au fond de la cour qui… »

Terry avait été interrompu par un bruit étrange. Kaï s'était dressé debout d'un trait. Christophe s'était levé lui aussi et lui avait pris le bras. Elle se pencha par-dessus bord. On aurait dit que le son était trop attrayant et qu'elle allait peut-être se jeter à l'eau si on ne la retenait pas. Il lui avait chuchoté dans l'oreille :

— Des baleines, nos musiciennes d'ici.

Terry s'était installé aux côtés de Marie-Jo et avait commencé à ronfler mollement.

Christophe ne pouvait pas bien voir Kaï dans la noirceur, mais il devinait qu'elle souriait le nez au vent, penchée vers l'avant du bateau. Les baleines avaient chanté leur magie pendant un long moment. Christophe et Kaï s'étaient finalement assis sur le pont. Puis, ils s'étaient retrouvés allongés côte à côte. Kaï avait chastement posé la tête contre son épaule, avant de s'endormir, elle lui avait chuchoté :

— J'aime tes mots, entendre la mer et les baleines musiciennes. Qu'est-ce que tu aimes cuisiner ? Es-tu vraiment végétarien ?

Elle dormait déjà. Il lui avait juste murmuré un petit oui en soupirant. Puis avait commencé la plus longue et la plus belle des nuits. Elle lui était tellement précieuse nichée contre son épaule. Il la contemplait et sentait monter en lui un désir incommensurable de toucher sa peau. Le velouté cuivré de sa peau. Un désir de communion… »

J'arrête. Est-ce que je suis allé trop vite, trop loin ? Est-ce qu'elle veut vraiment entendre parler de mon désir ? Je regarde Kaï. Elle me regarde avec l'air concentré qu'elle adopte lorsqu'elle compose au piano.

— L'histoire du cabanon, c'est quoi ?

C'est la première question qu'elle m'adresse depuis qu'elle est rentrée. Je veux sourire, mais je sens un sanglot au fond de ma gorge.

« Allez Christophe. L'histoire du cabanon ? Celle que Terry allait raconter avant qu'on entende les baleines. »

J'ai les larmes aux yeux, mais je jubile. Elle avait raison. Mes histoires vont la ramener, vont la sortir de la tragédie à laquelle elle a survécu. Je vais devenir sa planche de salut. Je la regarde entre mes larmes.

— Kaï, mon amour, je…

Ses yeux se ferment. Elle tremble un peu. D'une voix éteinte, elle répète :

— Le cabanon ?

Et je constate que je suis passé trop vite à la victoire. Elle est encore trop meurtrie. Nous naviguons encore au milieu des écueils et je dois les contourner sans sourciller, pour elle, avec elle.

— Oh, j'ai juste dit ça à propos du cabanon parce que c'est une histoire que tout le monde raconte. Je ne me souviens même pas si Terry en avait vraiment fait mention ce soir-là. Une espèce de mythe familial. Ça fait des années que je n'y ai pas pensé. Ma famille ne t'en a jamais parlé? Il me semble que tu dois déjà l'avoir entendue des millions de fois… Je…

La voix toujours éteinte, elle répète :

— Raconte.

Je me racle la gorge, me prépare. Est-ce qu'elle veut la version intégrale, celle que je suis le seul à connaître ou celle abrégée, qui a fait le tour des réunions familiales tellement de fois, qu'elle en a les pieds usés et les mots rabâchés jusqu'au fond de la moindre intonation? « Pis là quand j'ai ouvert la porte, Chris était là tout écorché, accroché après le chat… »

Comme si elle pouvait lire mes débats mentaux, elle ajoute :

« Raconte tout! »

D'accord, je me lance.

« Le cabanon…

C'était une chaude journée d'été. Christophe était petit, 8 ou 9 ans, il venait de sortir dehors, torse nu dans la torpeur estivale, lorsqu'il entendit un drôle de son venant du fond de la cour. Il se mit à courir vers le haut de la côte, dans cette direction, vers le cabanon où son père remisait la tondeuse et les outils de jardinage. Là où Terry, son frère aîné, allait parfois rencontrer ses amis pour explorer le monde de l'adolescence du début des années soixante-dix... »

Je m'interromps parce que Kaï vient de bouger un peu. Tout au long de mon histoire, j'ai gardé mon regard sur elle. Elle n'a fait que regarder droit devant elle sans expression, simplement à l'écoute. J'hésite à continuer. Ce qui devrait suivre est empreint de violence, un vieux souvenir qui me laisse encore le goût amer du sang dans la bouche et la sensation aiguë d'une coupure qui s'ouvre plus grand qu'on ne l'aurait imaginé quand on finit par avoir le courage de l'examiner attentivement.

— Et ensuite...

Kaï... Je ne veux pas brasser les vieilles histoires des effrois de mon enfance pour te réconforter. Lorsque je me suis embarqué dans cette histoire, je n'ai pas réalisé que je m'enfonçais dans un monde sinistre et mauvais qui n'est déjà que trop présent ce soir. Il y a des possibilités infinies d'assembler les mots les uns aux autres pour créer des récits. Pourquoi s'en tenir à ceux qui nous arrachent l'épiderme et nous laissent plus nus que nus. Et de toute façon, cette vieille histoire n'avait plus vraiment d'emprise sur moi, jusqu'à ce soir. Avant ce soir, je n'y avais pas pensé depuis des années.

Elle me regarde. Ses yeux sont aux aguets. Elle attend.

— Kaï, je ne sais pas si je devrais continuer. C'est un peu moche comme histoire et ça n'aboutit à rien d'intéressant. Juste une histoire de petit garçon qui se fait bardasser un peu. Rien de très brillant.

Elle continue de soutenir mon regard. Je sais très bien que je vais devoir continuer. C'est dans l'ordre des choses. Si j'arrête maintenant, je me jette dans l'eau du marécage à crocodiles après avoir réussi de peine et de misère à m'accrocher à un radeau de fortune, un radeau de mots qui la tient plus ou moins à l'abri de ses démons et qui me donne la chance d'être à ses côtés.

Je soupire.

« Donc, Christophe ouvrit toute grande la porte du cabanon. Les cris s'interrompirent. Tout ce que Christophe pouvait apercevoir c'étaient les voisins, accroupis par terre, ceux qu'il croyait ses amis. Les frères Perreault : Jean, qui était un peu plus jeune que lui et Raoul, qui avait presque 12 ans. Il y avait un troisième garçon avec eux, Philippe, leur cousin de la ville.

Aussitôt que Philippe aperçut Christophe dans l'embrasure de la porte du cabanon, il ricana.

— Le v'là votre ami du fond du rang!

Philippe poussa Raoul du coude.

— Envoie, attrape-le, on va avoir du fun!

Raoul eut un éclair d'hésitation. Christophe lui demanda furtivement :

— Qu'est-ce que vous faites ici Raoul?

Raoul roula sur le côté et Christophe put enfin voir d'où venaient les cris. Les trois garçons avaient écartillé et attaché les quatre pattes de son chat, Charlie. Philippe tenait dans sa main des pinces qui venaient du coffre à outils du père de Christophe. Il était évident, qu'avant l'arrivée de Christophe, les trois garçons avaient torturé brutalement le pauvre animal. »

J'ai oublié où je suis. Je ne vois plus Kaï. Je raconte seulement tout ce dont je me souviens d'un bloc, comme un verre plein qui se renverse et se vide de son contenu tout entier.

« Raoul se redressa, et s'avança vers Christophe au même moment où celui-ci s'avançait vers son chat.

— Aie, laissez Charlie tranquille!

Philippe ne lui laissa même pas le temps de terminer son intervention qu'il hurlait :

— Y'a dis « Chaarléiii », c'tu un *bloke* vot' gars ?

Jean, d'une petite voix nerveuse, répondit :

— Ben, sa mère est Anglaise.

— Un *bloke*, un *bloke*, un maudit *bloke* !

Raoul, debout en face de Christophe, le regardait d'un nouvel œil. Christophe, dont la mère parlait anglais, serait donc un *bloke* ! Un maudit *bloke* même !

Christophe regardait Raoul dans les yeux et il pouvait voir que quelque chose de grave se passait. Christophe aurait dû prendre ses jambes à son cou et se sauver rapidement. Il pouvait sentir le danger et l'agression qui flottaient dans l'air. Mais Charlie avait miaulé plaintivement et Christophe avait continué d'avancer vers Raoul.

— Raoul, faites pas de mal à Charlie, y est vieux pis c't'un bon chat.

— Maudit *bloke* !

Christophe avait pu voir dans le regard de Raoul le moment où tout avait basculé. Il avait étiré la main pour prendre Christophe par le bras. Les doigts de Raoul étaient glissants et tout mouillés. Il l'avait attiré vers le sol où Philippe lui avait indiqué de forcer Christophe à s'accroupir.

— Tu veux protéger ton maudit chat *bloke*, ben regarde ben ce qu'on va faire.

Philippe avait forcé Christophe à s'allonger sur le dos. Sa petite poitrine était à découvert.

Philippe avait tourné Charlie sur le ventre et l'avait placé sur la poitrine de Christophe. Les griffes du chat s'étaient plantées directement dans la peau de Christophe. Le chat avait émis un grondement sourd comme s'il était devenu un animal sauvage. Christophe sentait les griffes acérées du chat qui patinaient à folle allure contre sa peau. C'était insupportable, il pouvait sentir de longues déchirures mouillées de sang qui se dessinaient sur son torse dénudé. Puis Jean qui observait tout le monde de ses grands yeux bruns se mit à crier d'une voix hystérique et aiguë :

— Maudit *bloke*, maudit *bloke* !

Philippe lui ordonna de se taire.

— Es-tu fou ? Arrête de crier comme ça !

Les cris de Jean se transformèrent en gros sanglots qui résonnaient encore plus fort.

— On s'en va d'ici ! À cause de ce gros bébé lala, on va se faire pogner !

Philippe et Raoul avaient pris la poudre d'escampette. Jean était resté pendant quelques instants de plus aux côtés de Christophe.

— Je le savais pas, Christophe, que c'est pas bon d'être Anglais.

Il s'était penché et avait esquissé une caresse sur le dos de Charlie, puis il avait pris ses jambes à son cou sans demander son reste.

Christophe était resté immobile. Charlie s'était calmé dès que les autres garçons s'étaient sauvés comme s'il voulait montrer qu'il savait bien que Christophe ne l'aurait jamais maltraité. Il avait même commencé à lécher les blessures sur le ventre de Christophe, une forme d'excuse pour la cruauté de ses griffes. Tranquillement, toujours étendu sur le dos, Christophe avait défait les liens qui attachaient les pattes du chat. Celui-ci s'était couché contre le cou de son jeune maître et avait commencé à ronronner.

C'est ainsi que Terry avait trouvé son petit frère, la poitrine bariolée de lignes rouges, le chat enrubanné autour de son cou. »

Je m'arrête parce que je viens de sentir une goutte d'eau sur ma main. Pendant mon histoire, ma main qui tenait celle de Kaï a tranquillement migré vers ses genoux. Je lève le regard et j'aperçois de grosses larmes qui coulent le long de ses joues. Je ne sais plus quoi dire. Mon histoire l'a touchée, voire même dérangée. J'aurais dû me taire. Je sens une grosse boule de feu qui s'enflamme au centre de ma poitrine. J'ai de la peine à respirer. Puis j'entends sa voix :

— Et ensuite, qu'est-ce qui est arrivé avec Raoul et Jean ?

Elle pleure toujours, mais elle parle à travers ses larmes comme derrière un rideau transparent.

— Ensuite, eh bien je me doutais que dès que le cousin serait reparti en ville, les choses se replaceraient. Raoul a toujours gardé ses réserves après cela et, de toute façon, il est vite devenu trop vieux pour jouer avec les petits. Jean a continué de venir me voir. Après cet épisode, il était toujours super gentil avec moi. Il me donnait ses bonbons à l'halloween, son chocolat à Pâques. Nous sommes restés amis pendant longtemps. Mais nous n'avons jamais reparlé de ce qui était arrivé dans le cabanon. Oh, je m'excuse, j'ai parlé à la première personne, j'aurais dû dire Christophe et Jean n'ont jamais re…

Kaï me presse doucement la main et dans ses larmes, elle me sourit. Le premier sourire de la soirée. La pression de ses doigts contre les miens remonte le long de mon bras jusqu'à mon cœur comme un courant électrique. Sans m'en rendre compte, je commence à pleurer moi aussi. Nous restons côte à côte, en larmes. Si elle peut pleurer pour moi, je peux bien pleurer pour elle. Deux sources qui se croisent au pied d'une montagne de blessures.

Parfois, dans les tempêtes, il y a des accalmies auxquelles on ne s'attend pas. C'est comme ça dans le désert aussi. En plein milieu d'une tempête de sable, tout s'arrête. Et on peut voir au loin de nouveau. Et c'est tellement envoûtant, tellement aisé de se laisser leurrer et de croire que tout est terminé. On peut même se laisser embobiner par le calme au point de penser qu'il n'a jamais venté, qu'il n'y a eu aucune destruction, que tout est encore solide et comme avant. C'est comme un mirage à l'envers. Au lieu d'avoir des visions de quelque chose qui n'existe pas, on pense que quelque chose qui était bel et bien là n'a jamais existé.

Kaï et moi, assis sur le divan, qui pleurons ensemble. Dans le mirage inversé, on serait là à pleurer parce qu'on viendrait juste de regarder un film déchirant. Et dans quelques instants, on irait s'essuyer les yeux et se préparer à aller au lit. Elle irait voir Shaya avant de s'endormir. J'irais prendre un verre de jus. On se retrouverait à la station brosse à dents.

On se serrerait fort avant de s'endormir, ma main sur son cœur, comme n'importe quel couple heureux, sans histoires. On serait un peu fatigués comme après un vendredi soir un tantinet ennuyant parce que le petit train-train continuerait. Et voilà, la soirée serait terminée.

Mais cela ne va pas comme ça. Dans le silence qui règne après mon histoire, on sent encore des relents d'inconfort, de dégoût. J'ai parlé plus fort que d'habitude, ma voix était un peu chancelante. Un peu incontrôlée. Les émotions de ce soir mélangées à l'élixir de mes angoisses de petit garçon ont créé un cocktail un peu sordide. Je peux entendre résonner le son de ma voix d'enfant meurtri. Et Kaï. Et ce qui lui est arrivé ce soir. Comment continuer à vivre cette nuit, comment procéder pour l'aider à passer au travers des prochaines heures ? Comment vais-je pouvoir être là, à ses côtés au cours des prochains mois, des années à venir ? Tout semble impossible. Trop vaste, trop dérangé. La nuit est trop longue. C'est comme une course pour s'éloigner le plus vite possible de l'épicentre du drame, mais malheureusement on dirait que le temps s'est transformé en une grosse pâte informe et amorphe qui ne veut pas bouger. Je veux que le moment présent et les évènements de la soirée s'enfoncent rapidement dans le passé. Je désire que maintenant ne soit plus maintenant, mais je n'ai aucune emprise sur ce qui nous arrive, le temps et les évènements de la soirée sont hors de mon champ d'action. Sortir du temps présent en s'avançant dans des histoires heureuses : c'est ce que je dois m'engager à créer. Fini les cauchemars de mon enfance, je vais maintenant servir à Kaï ce que je connais de plus beau, de plus radieux.

Mais elle pleure toujours et avec ses pleurs je vois s'écouler une partie de son tourment. Non, peut-être que je ne dois pas lui donner le plus beau, le mieux de ce que je connais, peut-être que je dois m'en tenir aux vices et aux calamités de la nature humaine. Je ne sais plus. Je sens l'heure avancée qui s'infiltre dans mon cerveau et le fait mariner dans une grande confusion. Qu'est-ce que je dois faire ? Que raconter ? Ou est-ce qu'on ne raconte plus ? Est-ce qu'on reste silencieux tous les deux ?

Je pense trop, je veux trop la sauver. Je dois revenir à elle et attendre ses consignes, tel un grand chien fidèle qui attend un signe de sa maîtresse. Je la regarde et, dans son chagrin, elle semble ailleurs. Embarquée dans un mystère voilé que je ne peux élucider. Je prends mon temps, des images de mon séjour dans le désert s'imposent à mon esprit. Lorsque le temps viendra ou plutôt si le temps revient de raconter encore, je veux lui parler du désert, de la beauté, de la chaleur des courbes des dunes et de la douce solitude. J'ai soif du désert ce soir, de son étendue infinie et protectrice. Je pourrais sans doute embellir, reconstruire, faire durer mon expérience dans le Sechura toute la nuit s'il le faut. Je dois être à son écoute la plus complète. N'agir qu'à partir de son impulsion. Je suis son esclave, sa Schéhérazade. Je risque ma survie si je ne lui donne pas ce dont elle a besoin. Car si ce qui s'est passé ce soir me l'enlevait pour toujours, je ne sais pas si je pourrais y survivre.

J'attends. J'attends, mais l'attente commence à me peser. Je suis un homme d'action. Kaï est une femme de réflexion. C'est ce qui nous attire l'un à l'autre, mais aussi notre plus grand défi. Que faire ? est ma plus grande devise. Sois ! est la sienne. Je sens monter en moi un peu de l'irritation qui me taillade souvent lorsque Kaï et moi faisons face à un dilemme. Mon irritation me choque. Je veux être capable de donner tout mon appui à Kaï sans m'en remettre à mes vieilles habitudes, à ma vilaine impatience. Je veux agir avec une générosité absolue, faire abstraction complète de mes réactions impulsives et être complètement présent aux besoins de Kaï. Elle a été forcée par un groupe d'hommes ignares et barbares à subir au plus profond d'elle-même un acte auquel elle ne voulait absolument pas consentir. Je dois, en tant qu'homme, en tant que l'homme de sa vie qui veut demeurer au centre de sa vie, faire l'opposé, la respecter et la laisser mener entièrement afin de l'aider à se guérir de cette blessure qu'on lui a imposée avec tant de violence. Mais comment ? Que faire ? Sois, me répond Kaï dans mes souvenirs. Profite de l'accalmie…

Il est tard, tard dans la nuit. Ou pas si tard. Dans ma tête, il est très tard. La fatigue qui me ronge est vaste et insidieuse. Elle se répand en moi avec autant d'efficacité que le sang coule dans mes veines et mes capillaires pour aller rejoindre chaque petite cellule qui fait partie de l'échafaud de mon corps. Mon esprit est épuisé, mon corps, une masse amorphe que je ne saurais bouger. Kaï et moi sommes assis sur le vieux canapé élimé dans le salon, dans notre appartement au centre de la ville. Il vente dehors, mais en dedans il fait bon. Nous sommes assis côte à côte, son épaule et sa tête inclinées sur mon épaule. Sur nos corps, le gros édredon à baleines. Elle pleure. Je pleurais, je ne pleure plus. J'attends. Je respire et j'attends. Je la regarde et j'attends. Je chasse mes idées alarmistes et j'attends. « Qu'est-ce qu'on lui a fait ? » s'insinue dans le coin du salon et tente de venir se nicher dans mon giron, mais je repousse cette pensée, et j'attends. « Combien ils étaient ? » se faufile entre les rideaux fermés et tente de me grimper sur les genoux. Mais d'une petite expiration, je lui fais prendre la direction de la fenêtre. Je reste impassible, j'attends, je suis. Kaï pleure, mais sans bruit. « Prends-la dans tes bras » me tire par la manche, mais je sais qu'elle va se couler contre mon corps si elle a besoin de réconfort. Je reste aux abois, réceptif, mais je ne bouge pas. J'attends, je suis.

Mon dos commence à me faire mal. Je veux bouger mes épaules, mais je ne veux pas déranger Kaï. Elle a cessé de pleurer et commence à s'assoupir. Je cherche à rester immobile.

On me racontait que notre Charlie était le chat le plus patient et le plus doux qui soit. Un matin, quand j'étais bébé, ma mère l'avait retrouvé dans mes bras, dans mon lit de bébé, le corps étiré, le ventre entre mes bras, la tête et les pattes de devant qui pendouillaient entre deux barreaux, les pattes de derrière et l'arrière-train entre les barreaux suivants. Il n'avait pas bougé pendant des heures, de crainte de me réveiller. Lorsque ma mère l'avait libéré, il s'était enfui rapidement, mais en prenant bien soin de ne pas me faire mal. Enfant, la solidarité que je sentais pour ce chat était sans bornes. Comment aurais-je pu laisser ces horribles garnements torturer mon chat?

Et maintenant, c'est moi Charlie. Celui qui ne doit pas bouger, celui qui attend que quelqu'un vienne le libérer. Mais non, qu'est-ce que je raconte, je ne veux pas être libéré, je veux être ici avec Kaï, demeurer sa bouée de sauvetage, son fauteuil, son soutien. Je sens le divan qui tangue. J'ai peine à garder les yeux ouverts. Je glisse vers le sommeil, mais dans mon cœur quelque chose cloche. Les évènements et les histoires de la soirée se bousculent. Kaï, le quai, le bateau de Terry, Charlie. Des hommes cachés dans des cagoules qui tentent d'attacher mon chat. C'est comme si on me plantait un couteau dans le cœur. Dans un soubresaut, je reviens à moi. Pas le chat, c'est Kaï qu'on a attaquée. Je ressens en un moment électrisant toutes les émotions de la soirée à la fois. Mon amour meurtrie. Le regard de sa sœur lorsqu'elle l'a déposée ici. Mon cri étouffé. Ma frustration de ne pas savoir exactement ce qui s'est passé. Ma peur d'apprendre exactement ce qui s'est passé. Tout se mélange et devient une décoction de vitriol qui me remplit la bouche d'un goût amer.

Je regarde Kaï et crains de l'avoir bousculée. Mais elle dort toujours, d'un sommeil ultra-fragile, car je sens qu'elle ne respire pas très profondément. Je ne bouge plus. Pense à me rendormir. C'était comme ça lorsque Shaya était toute petite. Une fois qu'on l'avait endormie, on ne voulait absolument pas la réveiller. Si elle était dans nos bras, on la gardait dans la même position pendant un gros quinze minutes afin de s'assurer que notre mouvement ne la réveille pas. Je repars. Me sens glisser vers le sommeil encore une fois, mais cette fois je me concentre pour ne penser qu'à ma fille. À son sourire. À son odeur. Je m'endors.

— Shaya.

Je rêve à ma fillette qui me tend les bras pour que je la prenne.

« Shaya… »

Elle est plus légère que je le croyais et lorsque je la prends c'est comme si elle était propulsée dans les airs.

« Shaya. L'entends-tu ? »

Quelqu'un me frotte l'épaule.

« Shaya s'est réveillée. »

Shaya est dans mes bras !

« Christophe. Shaya m'appelle. Elle est réveillée. »

J'ouvre les yeux, je suis complètement désorienté. Kaï me pousse l'épaule.

« Christophe, je ne peux pas y aller. Va la voir s'il te plaît. »

Je me lève. Mes jambes semblent faites de plomb. Difficiles à manœuvrer et d'une lourdeur…

« Essaie de la rendormir dans son lit. Je ne sais pas si je peux la voir… »

— Je vais faire de mon mieux.

Je m'avance dans le corridor et me demande comment Kaï a bien pu entendre Shaya qui parle docilement dans son lit.

— Maman, maman. Viens me voir. Maman.

Kaï a l'oreille mieux affûtée qu'une lame de rasoir. Elle entend tout, particulièrement quand il s'agit de notre fille.

J'ouvre calmement la porte. J'entends la respiration sereine de ma fille qui monte et descend comme une petite marée dans le noir.

« Maman ? »

Je ne réponds pas tout de suite, car je sais que je ne serai pas à la hauteur. Je fais un retour dans le passé et me sens redevenir inadéquat, le père qui ne peut pas nourrir son bébé. Celui qui n'a pas de lait et qui n'est jamais la personne désirée lorsque le nouveau-né pleure. Une paire de bras et de jambes qui peuvent amener le bébé à sa véritable destination, à sa source de vie : la maman ! Un service de transport qui fait la navette entre deux points bien distincts : la bouche du nourrisson et la poitrine de sa mère.

Shaya ne boit plus le lait de Kaï, mais je sais qu'elle ne sera pas contente de voir apparaître son grand ours de père, parce que c'est sa mère qu'elle réclame.

Il doit bien y avoir une technique à utiliser lorsqu'on veut qu'une petite fille de trois ans ne fasse pas de crise quand elle se réveille au milieu de la nuit et qu'elle demande à voir sa mère. Surtout quand la mère ne veut, ne peut pas la voir parce qu'elle a été violée par un groupe d'hommes méprisables. Cette pensée semble tellement incongrue ici dans la chambre rose et verte de notre charmante petite fille.

« Maman. Allo maman. »

Sa petite voix enfantine me rentre dans le cœur avec la précision d'une flèche envoyée avec art et habileté. Je crois que Shaya sait ce qui est arrivé à sa mère. Pas consciemment, mais d'instinct. Son ton de voix, sa façon de prononcer Maman, de dire allo si gentiment.

Je m'approche de son lit.

« Maman, où est maman ? »

— Shayabou, maman n'est pas très bien. C'est moi qui vais t'aider à te rendormir ce soir. Tu veux quelque chose à boire ? As-tu besoin d'aller à la toilette ?

Je crains que la réponse ne soit véhémente et qu'elle prenne la forme d'un cri strident. Mais non, elle reste silencieuse. Shaya respire. Je l'entends. Elle se concentre. Puis une petite main sort du lit et prend la mienne.

— Qu'est-ce qu'elle a maman ?

— Elle ne se sent pas très bien. Qu'est-ce que tu veux ?

— Est-ce que je peux la voir ? Je veux la voir.

Sa voix est toute calme. Pas les cris et les pleurnichements qu'elle a commencé à nous servir dernièrement lorsque les choses ne vont pas à son goût. Non, une petite voix très posée et si gentille, presque angélique.

« J'aime maman et je t'aime toi aussi. »

Elle se lève et se coule au creux de mes bras. Son petit corps est tout chaud. Elle s'accroche à mon cou et je sens ses doux cheveux noirs contre mon cou.

Et je reste interdit. Que dois-je faire ? Shaya a la ferme intention de voir sa mère et quelque chose dans son attitude et sa certitude me dit que ce serait une excellente idée. Mais Kaï a bien précisé :

« Je ne sais pas si je peux la voir… »

Shaya n'insiste pas. Elle reste dans mes bras sans bouger, encore une fois son petit respir d'animal souffle contre mon cou, une buée chaude que je reçois avec délice. Elle est la vie même. Programmée pour vivre et pour bien vivre. Son corps se moule à moi. Elle a tellement confiance en moi, en la vie. Elle, une fille, une future femme qui s'apprête à grandir dans un monde qui peut être si cruel. Son pyjama est couvert de petits pingouins roses. Elle n'a peur de rien. Comment la protéger ?

Dans le corridor, j'entends la porte de la salle de bain qui s'ouvre. Kaï s'est donc levée. Elle vient d'entrer dans notre chambre à coucher.

Shaya reste silencieuse. Contre son habitude, elle ne presse même pas ses petits pieds contre mes flancs comme si j'étais son cheval pour me talonner et me faire bouger plus vite. Kaï va et vient. Elle s'approche de la porte.

— Maman, ma maman d'amour…

Kaï sort de notre chambre. Elle s'est changée et a enfilé son pyjama. Shaya la regarde et sourit.

« Tu t'es fait mal à la joue maman. Tu veux que je te fasse un bisou ? »

Kaï fait signe que oui de la tête. Elle s'approche de nous et nous encercle tous les deux, Shaya et moi de ses bras. Ce moment où Kaï nous embrasse est une ouverture dans le ciel noir, une percée de soleil entre les nuages gris. Shaya se penche tendrement vers sa mère et avance sa petite bouche vers elle.

« Est-ce que tu veux le bisou sur le bobo ou juste à côté ? »

— Comme tu veux...

Shaya baise la joue de sa mère. Puis, toujours tout enlacés, comme une petite procession d'amour, nous nous dirigeons tous les trois vers le salon. Le divan et l'édredon de baleines nous attendent comme si nous avions accès à une mer privée. Les yeux de Shaya s'illuminent :

— On fait du camping au salon ?

Nous nous asseyons tous les trois. Shaya est au centre. Elle ne s'agrippe pas à sa mère comme elle en a l'habitude. Elle s'installe juste confortablement entre nous deux et pousse un long soupir content. Elle est un petit soufflet d'amour qui propulse de l'air de joie autour d'elle. Elle ne parle pas.

Kaï la regarde et je vois ses yeux qui se remplissent de larmes, qui débordent de larmes de façon soudaine. Elle me regarde et bouge sa tête lentement comme pour dire non.

Sans relever la tête, sans regarder sa mère, Shaya dit tout posément :

« Tu nous joues du piano, maman, pendant que je me rendors sur les genoux de papa ? »

Même à travers ses larmes, Kaï me lance un regard étonné. Shaya semble avoir acquis des années et des années de sagesse au cours des dernières heures. Kaï se lève lourdement et s'installe au piano en face de nous et commence à jouer. Une improvisation. Un mélange de toutes les chansons enfantines que nous chantons à Shaya, mais avec des tons jazzés. Ma petite fille grimpe sur mes genoux, lève la tête vers moi et me sourit.

« Elle est belle maman et elle fait de la belle musique ! »

J'acquiesce silencieusement, enlace le petit corps de notre fille contre mon cœur et m'assure qu'elle est bien bordée sous l'édredon. Elle s'alourdit peu à peu.

Je suis immobile et réceptif à la musique, réceptif à la chaleur qui émane du corps de ma fille. Je suis complètement ahuri par son attitude ce soir. Elle nous a donné le meilleur d'elle-même. Non pas qu'elle soit une enfant particulièrement difficile, mais normalement elle aurait fait une petite crise pour que sa mère la prenne dans ses bras, elle aurait demandé à s'asseoir sur ses genoux pendant que Kaï joue du piano. Surtout en plein milieu de la nuit quand Shaya est toujours un peu plus vulnérable. Cette magnanimité, cette grandeur d'âme dont elle fait preuve sont incroyables. On raconte des histoires de gens qui sont capables de décupler leur force pour sauver quelqu'un qu'ils aiment. Quand j'étais jeune, notre voisine avait réussi à soulever une motoneige pour sauver la vie de son fils qui était coincé dessous. C'était une petite femme un peu rondelette, pas particulièrement musclée. Mais le fait que son fils était en danger de mort lui avait donné un pouvoir qu'elle avait réussi à mobiliser, lui avait donné l'élan de concentrer toutes ses forces pour sauver la vie de ce petit enfant qui était au cœur de sa vie, qui était sa vie même. Et ce soir, je pense que Shaya a elle aussi puisé dans des ressources qu'on ne lui connaissait pas. Elle est devenue un ange de lumière et de compassion qui est pleinement à l'écoute de sa mère et de ses besoins dans ce moment de crise.

Sa tête contre ma poitrine, elle dort. Je la regarde et suis encore une fois subjugué par sa beauté, sa perfection absolue. Ses cheveux sont incontestablement noirs. Ses yeux sont frangés de longs cils foncés et, même lorsqu'ils sont fermés, on peut reconnaître leur ligne asiatique, élégamment courbée. Sa peau a les mêmes reflets dorés que celle de Kaï. Ses lèvres légèrement entrouvertes sont d'un rouge riche et heureux. Elle commence à avoir un peu chaud, ses joues en sont rosées et une petite sueur sucrée perle sur son front. Elle est un merveilleux fruit bien à point. Une mûre, rouge et noire. Je l'aime. Je l'adore. Ces mots ne veulent rien dire, ne sont que l'infime pointe de l'iceberg qui représente mes sentiments pour elle. Ce petit bout de fille toute chaude et toute molle. Et Kaï qui joue. Elle a quitté le répertoire enfantin et commence à travailler sa plus récente composition. C'est une pièce très complexe qui requiert toute son attention.

Je soupire. Tout pourrait être normal. Tout est normal. Shaya dort sur mes genoux, Kaï est au piano. Une autre soirée comme tant d'autres dans la vie de notre petite famille. La musique de Kaï est belle et pure. Je sais qu'elle se refait quand elle joue. Je sais qu'elle va aller mieux après cela.

Shaya se tourne tranquillement dans son sommeil et frotte son visage contre mon cœur. Elle est complètement endormie, partie sur un long voyage de rêves qui l'entraîne si loin de moi que je peux maintenant la bouger sans crainte, la remettre au lit sans la réveiller. Mais je ne sais pas si je veux m'en séparer maintenant. Elle est si chaude. Elle me réconforte, redonne un sens à tout. Et me protège aussi. Me protège contre les idées noires et saugrenues qui tentent de s'infiltrer dans mes pensées. Me donne une raison de ne pas être complètement aux aguets afin de tout comprendre ce qui arrive à Kaï. Me permet de me relâcher. Cette nuit est d'une telle intensité. Je me sens comme si j'avais passé les dernières heures à regarder dans un microscope extra puissant afin d'observer dans les moindres détails chaque mouvement du côté de Kaï.

Chaque changement, chaque embardée. Chaque mince soubresaut de douleur. Et puis d'agir en conséquence pour essayer de minimiser sa peine, d'amoindrir sa douleur. Et j'en suis exténué. Tenir Shaya contre mon cœur est la chose la plus facile que je puisse faire ce soir. Elle est mon bouclier. Une excuse pour ne pas être entièrement au service de sa mère. Et, avec effroi, je prends conscience que j'éprouve du ressentiment envers Kaï. Ce n'est pas un sentiment que je cherche à développer ou à envenimer. Non, c'est comme si je me retrouvais, caché derrière moi-même, une boule d'aigreur dans le cœur que je ne veux pas posséder, mais qui est bel et bien en moi. Non, ça ne va pas. Kaï n'a rien fait, elle n'a fait que subir. Et elle ne m'a rien demandé, sauf de lui raconter une histoire. C'est moi, seulement moi qui ai décidé de la soutenir, de me dévouer à elle complètement et entièrement cette nuit. Elle n'a rien exigé de moi. Je choisis d'être son soutien. Je choisis d'être à ses côtés. Pour le meilleur et pour le pire. Un engagement qu'on n'a pas fait formellement tous les deux, mais que je reconnais comme étant au cœur de notre union.

Est-ce que Kaï m'abandonnerait si j'étais celui qui avait besoin d'aide, de tendresse, d'amour ?

Je pense activement à ce sentiment d'animosité et je décide de l'anéantir carrément et absolument. Comme ça. Je suis le maître de mon corps, de mes pensées, de mes actes. Et voilà c'est tout, fini, terminé le ressentiment. Il tente de refaire surface, mais je ne le laisse pas faire. De fond en comble, je l'irradie. Zap. Disparu. Écrasé, éteint comme un vieux bout de cigarette piétiné jusqu'à ce qu'il soit transformé en poussière.

Je me sens libéré.

Shaya ronronne presque sur mes genoux. Kaï joue toujours du piano. Je me laisse porter. Couler le long de la rivière de calme qui s'offre à moi. Jusqu'à ce que Kaï ait à nouveau besoin de mon appui que je vais lui donner naturellement, parce que je le veux. Parce ce que je choisis de la soutenir ce soir et pour la vie.

Le temps passe et je me sens solide. Un roc, une montagne.

Et puis sans aucun avertissement, les notes au piano sont en débâcle. La rivière n'est plus paisible. Les sons que produit Kaï sont dissonants, hors contrôle. Trop forts et agressifs. Je me lève prestement. Le moment est venu de remettre Shaya au lit et de revenir aux côtés de ma compagne.

La nuit est longue, longue et semble monter plutôt que descendre. Une interminable escalade, une montée où l'oxygène nous fait de plus en plus défaut. Tout est lourd. Tout est inconfortable. Mais il faut continuer de grimper. Je ne me souviens plus du temps d'avant, du temps où le viol de Kaï ne faisait pas partie du moment présent. Mon cerveau est fatigué, je pense « le viol », mais je sais que je devrais plutôt considérer les viols, le viol multiple, les multiples viols, la multitude de viols que Kaï a subis ce soir. Ces mots martèlent mon esprit, scandent mes réflexions d'un rythme laid, hideux. Je ne pense plus à déménager. Je ne pense plus à rien si ce n'est qu'à mon engagement indissoluble à rester aux côtés de Kaï et à l'aider à passer à travers cette nuit de douleurs qui avance si lentement, et puis à survivre aux jours et aux semaines qui vont suivre. À l'aider à trouver sa façon bien à elle de redevenir elle-même, ou plutôt de se transformer en l'être nouveau qu'elle sera lorsqu'elle aura assimilé ce qui lui est arrivé, lorsqu'elle aura pansé ses blessures. Car avec ma certitude que je veux l'appuyer vient aussi l'assurance inébranlable qu'elle va s'en remettre. Parce qu'elle a laissé Shaya lui baiser la joue, parce qu'elle a déjà accepté une dose du baume d'innocence que lui offrait notre fille.

Je reviens au salon. Kaï s'est calmée. Elle joue toujours, plus près d'elle-même, elle est moins dans la rage, revenue à la musique. Elle se met à chanter, à émettre ces sons indescriptibles si particuliers, rien qu'à elle et qui lui ont valu une renommée qui transcende les continents et les cultures.

Je m'installe sur le canapé et écoute ma belle qui me livre son âme en musique. Le sommeil a perdu son tour. Même si je suis encore exténué, il est en ce moment remisé loin de mes besoins immédiats, stationné dans un terrain vague un peu douteux et inquiétant. Bien que mal à l'aise et inconfortable, je me sens complètement éveillé. Je réfléchis. Je comprends l'hésitation de Kaï à me raconter ce qui s'est passé. Mais en même temps, je sens monter en moi une sourde révolte. Kaï a toujours donné beaucoup d'importance à son monde intérieur. Ce sentiment d'exclusion que j'éprouve maintenant n'est pas nouveau. Je me sens toujours un peu laissé de côté, en marge, comme si je n'étais pas vraiment digne de tout savoir, pas vraiment capable de tout comprendre. Mais je veux faire partie de cette nuit, avoir une place à part entière dans ce qui se passe, dans l'ordre des choses, dans les choix qui sont faits. Kaï est à l'épicentre, celle qui doit avoir la maîtrise sur le déroulement des évènements de la soirée, mais je commence à penser qu'il serait bien que j'aie aussi un titre, un rôle bien à moi. Je sens une petite révolution, une grève qui s'organise dans mon cœur. Je transporte dans mes pensées une grande pancarte sur laquelle on peut lire : *Droit aux hommes qu'on viole indirectement de se fâcher, de crier, de pouvoir en savoir plus sur le viol de leurs compagnes !* Je m'imagine faisant partie de toute une foule d'hommes qui hurlent, qui chantent, qui se rassemblent pour crier leur désarroi, pour revendiquer le droit de savoir. Puis, je me demande, dans une telle foule, combien d'hommes seraient complètement innocents, sans aucun passé coupable ? Combien d'entre eux n'auraient jamais abusé de leur position de pouvoir ? Combien auraient la conscience absolument claire ? Combien n'auraient jamais fait de remarques sexistes ? Combien n'auraient jamais parlé, agi d'une façon ouverte ou subtile qui rabaisse les femmes, les diminue à des objets sexuels, des humains de moindre importance, de moindre intelligence ? Pas beaucoup, j'imagine. On aurait tous un petit quelque chose à se reprocher, dans un passé plus ou moins lointain. Je me revois à 18 ans, lors de mon premier voyage en Europe, un peu tremblant, un peu en sueur à caresser l'idée d'aller visiter une prostituée parisienne. « Tu vas voir, elles sont bonnes ! » m'avait dit un de mes confrères québécois à l'auberge de jeunesse. « Tu n'as pas vu Paris si tu n'as pas fourré une de ses femmes ! » Et moi qui étais tenté comme un enfant devant une vitrine de confiserie, une confiserie un peu de mauvais goût, un peu malsaine, mais de ce fait, d'autant plus excitante, bien que je n'aie eu aucune idée de ce que je ferais avec une femme de la rue, comment je m'y prendrais. Dans la foule d'hommes indignés qui marchent dans mon imaginaire, est-ce que je ne serais pas un de ceux qui devraient s'examiner la conscience avant de s'imposer et de réclamer une place dans l'univers des femmes violentées ?

Kaï joue toujours. Son doigté a retrouvé la grande révérence qu'il atteint parfois, quand sa créativité est à son meilleur. Il est inconcevable que cet interlude au piano ne l'aide pas à se sentir mieux. Moi, je revis en ma mémoire mon expérience parisienne. Ce ne sont pas là les pensées les plus brillantes dans les circonstances, mais le cerveau est un organe indépendant, qui a très souvent, voire tout le temps, ses propres notions de ce qui est juste et convenable. Nos pensées sont nos seules véritables propriétés privées.

J'avais 18 ans et ma grande expérience sexuelle se limitait à une blonde intouchable suivie d'une rencontre un peu trop rapide, pas du tout concluante, avec une fille qui était dans mon cours de philosophie au cégep. Ma première blonde, une fille du bord de la mer, venait de me laisser à longue distance. Ça faisait deux mois qu'on était loin l'un de l'autre. Une séparation difficile et brise-cœur. La blessure avait été tranchante et douloureuse. Elle était à Montréal et moi dans le Bas-du-Fleuve.

Après ces expériences un peu amères, plus rien, rien jusqu'à mon arrivée en Europe, l'automne suivant.

Paris était ma première escale. J'étais obnubilé. L'air avait un arôme différent. Les automobiles émettaient des sons différents, les piétons étaient différents. Moi, petit garçon de la Gaspésie, j'étais à la fois perdu et retrouvé.

Perdu dans un monde tellement plus grand et complexe que celui de mon enfance et retrouvé dans des archétypes qui m'avaient accompagné pendant toute ma vie. Puis ce commentaire, qui aujourd'hui me semble tellement disgracieux et cru, mais qui à l'époque m'avait fait me sentir comme un homme, un vrai, bouillant de virilité : « T'as pas vu Paris si t'as pas fourré une de ses femmes ! »

Après maintes hésitations, et beaucoup d'encouragements de la part de mon « mentor », je m'étais finalement dirigé vers la rue Saint-Denis. J'avais choisi d'y aller en plein milieu de l'après-midi pour éviter le trafic plus dense qu'on y retrouvait en soirée et aussi parce que j'avais un peu peur. L'air était lourd, le ciel gris et les rues empreintes d'une puanteur excessive de merde de chien. Je me retrouvai en face de l'adresse que mon copain m'avait donnée. Sur une pancarte, on pouvait lire : « Le paradis pour 100 francs. Montez au cinquième. » Je ne savais que faire. Monter me semblait vraiment compliqué, incompréhensible. Je me tenais immobile comme un idiot lorsqu'une femme d'un certain âge s'était dirigée vers la porte, l'avait ouverte et m'avait regardé avec un sourire amusé :

— Tu entres ou quoi ?

J'étais trop timide pour répondre et je lui avais discrètement emboîté le pas. Toujours sans dire un mot, j'avais commencé derrière elle l'ascension du grand escalier sombre en colimaçon. Rendue au quatrième étage, elle avait déverrouillé la porte du palier, s'était tout à coup retournée vers moi et m'avait apostrophé d'une voix de stentor :

« Pour la pute, c'est l'étage suivant parce que moi ça fait déjà un bail que j'ai pris ma retraite. »

La soudaineté de son discours m'avait sidéré. J'allais me retourner et dévaler l'escalier le plus vite possible lorsqu'elle avait ajouté :

« Claudine, t'as un monsieur, il a l'air un peu timide, tu devrais venir à sa rencontre ! »

À peine avait-elle prononcé ces mots qu'une femme plantureuse, vêtue d'une robe rouge au décolleté plongeant était apparue en face de moi.

— Bonjour ! Alors, on est venu voir Claudine ?

Elle m'avait pris par la main et m'avait entraîné au palier suivant. Une autre femme était assise derrière une petite table en verre.

— Claudine, tu prends la chambre rouge, pour aller avec ta robe !

Elles avaient ri toutes les deux. Et j'avais suivi Claudine jusque dans la chambre rouge qui méritait bien son nom. Tout y était rouge : les tentures, les murs, le couvre-lit en velours, les coussins en satin, le tapis un peu miteux. Le décor était exactement comme j'avais imaginé un bordel parisien : kitsch, rouge et légèrement usé. Comme Claudine… Elle avait disparu derrière un paravent. Et dans un froissement de vêtements, elle m'avait demandé :

— Comment s'appelle-t-il le beau grand garçon ?

— Christophe.

— Il faut parler plus fort si tu veux que Claudine t'entende.

Je m'étais raclé la gorge et avais répété :

— Christophe.

— Quel joli nom. Et il a un petit accent Christophe, pas vrai ?

— …

— Le chat, il t'a volé la langue ? Il ne faut pas avoir peur, Christophe. Dis-moi d'où vient-il ton accent tout joli ?

— Je viens du Québec.

— Oh, mais j'adore les Canadiens moi ! Donc, Christophe, maintenant tu vas prendre tes 100 balles et les déposer dans la petite assiette en or qui se trouve sur la table de chevet. Et ensuite, tu te défringues et tu t'allonges sur le lit.

Je me souviens d'avoir regardé le lit et son couvre-lit élimé et d'avoir ressenti un léger sentiment de dégoût. J'hésitais à me dévêtir. Tout cela me semblait bien trop clinique. Comme si je me trouvais chez le médecin, mais chez un médecin un peu obscène, qui aurait pratiqué dans un univers insalubre. Ce n'était assurément pas la grande expérience sexuelle excitante dont m'avait parlé mon compère de l'auberge. À contrecœur, comme un enfant qu'on force à se coucher trop tôt quand il y a de la visite, j'avais retiré mes vêtements et m'étais étendu sur le lit qui était très inconfortable.

Aussitôt, Claudine était sortie de derrière le paravent, vêtue uniquement d'un soutien-gorge et d'un slip tout aussi rouges que sa robe et que le reste de la chambre. Tout ce rouge me semblait exagéré, malsain, un peu comme si je me trouvais dans un grand bocal de poisson rempli de taches de sang. Claudine s'était approchée du lit et je l'avais regardée en me demandant comment on allait passer du traitement un peu clinique et quasiment antiseptique à une folle exubérance sexuelle. À mon grand désarroi, j'avais remarqué qu'elle était en train d'enfiler une paire de gants de caoutchouc ! J'avais accusé un certain recul et mon expression faciale avait dû trahir mon trouble, car elle avait enchaîné :

« Tu sais, Christophe, la protection ça va dans les deux sens : je te protège en me protégeant. »

Puis, sans plus de cérémonie, elle s'était assise au bord du lit, son dos vers ma tête et elle s'était emparé de mon pénis et avait entrepris de le manipuler avec le même détachement qu'un boucher en train de dégraisser un morceau de viande. Et moi, je ne ressentais rien. Rien du tout. Pas de feux d'artifice, pas de paradis. Du boucher qui coupe le gras, j'étais passé à l'image du boucher qui tente de remplir un bout de boyau pour en faire une saucisse. Toujours rien. La situation me semblait tellement absurde que j'en avais presque le fou rire.

Puis j'avais remarqué les petits bourrelets sous la ligne de son soutien-gorge qui bougeaient rythmiquement à l'unisson avec le mouvement de ses bras. Ce mouvement me fascinait, bien plus que tous les efforts qu'elle déployait pour amadouer mon pauvre sexe tout mou et déconfit. Car de ce côté-là, rien, *nada*, *Nichts*, le néant, l'Absence de jouissance avec un grand A. Mais sa peau qui remuait, qui ballottait en cadence avec le mouvement de ses bras m'envoûtait, m'hypnotisait. Sans même réfléchir, en toute innocence, je m'étais avancé la main pour percevoir ce léger mouvement du bout de mes doigts. Un geste absolument puéril, comme lorsqu'un bambin ne peut s'empêcher de toucher quelque chose juste parce que ça l'intrigue trop. Mes doigts avaient à peine effleuré son côté que Claudine s'était arrêtée tout net.

« Oh, mais non, Christophe ! Les cent balles, ça n'inclut pas le toucher. Si tu veux toucher, ce sera soixante balles de plus, à condition que tu t'en tiennes au dos. Si tu veux toucher ailleurs et bien, ce sera un peu plus… Et le fric doit aller dans la petite assiette avant qu'on ne procède… D'ailleurs, on n'arrive à rien ici. J'ai bien peur que tu ne doives investir un peu plus si tu veux t'éclater... Moi je t'ai donné tout ce que je pouvais pour cent balles... »

Elle avait déclamé tout ça sans se retourner. Et puis, elle s'était levée et s'était retirée derrière le paravent.

« On se rhabille mon petit bonhomme. C'est tout pour aujourd'hui. »

Elle avait étiré sa tête hors du paravent et m'avait fait un clin d'œil avant d'ajouter :

« C'est quand même bien dommage qu'on ne soit pas arrivés à destination toi et moi. Un magnifique spécimen comme toi, si beau et si fort, ça aurait quand même pu être marrant, non ? »

Je lui avais souri, ne pouvant m'empêcher de penser qu'elle devait dire ça à tous ses clients qui n'arrivaient pas à la jouissance. Un petit prix de consolation... Ou peut-être qu'elle avait dit vrai, que ma jeunesse et ma carrure l'avaient impressionnée. Néanmoins, je m'étais rhabillé rapidement. Soulagé bien plus que dépité, un peu à cause de sa dernière remarque. Mais c'était plus que cela. J'avais hâte de sortir au grand air. De voir la ville. De vivre.

C'est donc le cœur en fête et le pas léger que je descendis les cinq étages qui me ramenèrent aux bruits et aux odeurs de la belle ville de Paris. J'étais ensuite allé déguster un gros couscous à l'agneau avec beaucoup plus de plaisir que je n'en avais ressenti chez Claudine.

Ma vie commençait !

La nuit longue et lancinante comme une ascension vers un sommet obscur prend parfois des virages rapides, soudains, qu'on ne voyait pas venir et qui nous plongent dans des descentes tumultueuses. Je respire en souvenir l'air parisien, et brusquement je suis sorti de mes réflexions parce que Kaï vient tout juste de s'effondrer sur le clavier, atterrée. Pendant quelques secondes, je me sens un peu exposé, perdu dans des réflexions un peu trop insolites. Puis avec un énorme effort mental, je secoue mes pensées comme un chien mouillé qui veut se débarrasser d'un excès d'eau. Mon esprit se libère de Paris et je me sens prêt à affronter la nuit maudite qui suit son cours comme un ruisseau sale et pollué qui se déchaîne vers le bas de la pente et qu'on ne peut détourner.

Je m'avance vers Kaï. Je lui mets la main sur l'épaule. Elle ne se rebiffe pas, ne me repousse pas. Elle reste abattue, mais je sens ses épaules qui montent et descendent avec le mouvement houleux de ses larmes. Elle se relève finalement et m'enlace. Je la tiens contre moi en tentant de ne rien prendre d'elle, de lui offrir ma sollicitude, sans aucune attente.

Nous restons immuables, tels deux rochers se tenant debout dans la mer. Rochers troués, bafoués par les vagues, un peu comme celui qui fait face à mon village d'enfance. Mais deux rochers pas un seul, deux rochers qui malgré leur immobilité sont pourtant à la dérive. Une dérive étourdissante qui enivre et qui fait peur, qui pourrait me faire déraper, tomber violemment.

— Tu sais, le plus difficile…

Kaï. Elle parle. Elle va parler de ce qu'il lui est arrivé. Je ne respire pas. J'attends. Je vais enfin savoir. J'essaie de ne pas bouger, de ne rien précipiter. De laisser les idées de Kaï se former, se métamorphoser en mots, ou juste rester là en suspens. Mais comme j'aimerais entendre une série de mots qui pourraient devenir des phrases, qui pourraient esquisser l'histoire, dresser le bilan de ce qui lui est arrivé. Elle s'est arrêtée. Elle a une panne de mots. Je la regarde. Me demande comment l'aider à repartir, à redémarrer. Elle inspire.

— Le plus difficile, c'est que je n'arrête pas de penser aux autres…

— Kaï, tu n'as pas besoin de penser aux autres. Présentement, il n'y a que toi qui comptes…

J'ai parlé trop vite. Je vois dans le regard qu'elle me jette que j'aurais dû continuer à me taire. Elle se tait maintenant. Se dégage de mon étreinte et va s'asseoir sur le canapé. Je sens la frustration qui remonte en moi. Je me sens comme une marionnette qu'elle devrait manipuler, mais dont elle ne tient même pas les fils. Une marionnette abandonnée qui devrait deviner sur quel pied danser, mais à qui on ne donne même pas la musique. Même pas la note de départ. Je me retiens de lui lancer une de mes remarques sarcastiques. De celles qui nous valent parfois des heures et des heures de discussions animées de ma part, des journées de silence et de bouderie de la sienne.

Je reste debout et j'attends. Encore une fois, j'attends, mais je sens que la patience commence à me faire défaut. J'essaie si fort d'être totalement attentif depuis le début de cet enfer, mais je ne peux faire abstraction de moi-même. Je suis grand, imposant, bruyant et d'un naturel curieux. Je ne peux pas m'obliger pendant très longtemps à ne pas montrer ma véritable nature. « Chasse le naturel et il revient au galop… » Phrase clichée. Je déteste les phrases clichées surtout lorsqu'elles sont justes. Je dois récapituler : mon amour a été blessée. Elle souffre. Elle souffre à cause d'une bande d'hommes. Je suis un homme. Je ne veux pas la blesser davantage. Je veux la soutenir, lui donner ce que j'ai de mieux. J'ai peur. Je ne veux pas la perdre. Inconsciemment, j'ai toujours eu peur, depuis le début de notre union, de la perdre. Parce que Kaï est insaisissable. Elle n'en fait toujours qu'à sa tête. Et ça me rend fou. Et en même temps, c'est ce qui la rend tellement séduisante à mes yeux. Parce qu'après ma rencontre avec la prostituée parisienne, j'ai eu un succès grandiose auprès des femmes. Ben, peut-être pas grandiose, mais j'ai plu, j'ai attiré, j'ai attrapé beaucoup de femmes. Qui pleuraient, chignaient, rageaient face à ma sacro-sainte indépendance. Qui s'accrochaient à moi pleines de désespoir. Et plus elles s'agrippaient, plus je me dégageais. Plus je voulais d'espace, de liberté. Jusqu'à ce que je rencontre Kaï. Celle qui ne s'accrochait pas. Celle qui était en chute libre, dans son propre ciel sans aucun besoin, sans aucune attache. Et qui ne voulait rien de moi, qui n'attendait rien. Qui se contentait de sourire et d'apprécier nos rencontres, mais sans jamais rien exiger. Et moi qui la suivais. Et plus elle était autonome, plus je me sentais devenir profondément touché par sa présence et plus je voulais communier avec cette femme mystérieuse qui se suffisait à elle-même. Une musicienne qui embrasse la vie de toutes ses fibres et qui fait chanter tout ce qu'elle touche, mais toujours de son propre chef.

Kaï, la femme qui décide complètement de son devenir. Mais sans contrôler. Celle qui sait très bien collaborer et coopérer, mais qui est en pleine possession de tous ses moyens, de tous ses besoins. Ces salauds l'ont violée. Ce qu'elle a subi doit être si difficile pour elle. Et moi qui suis là. Je sais, je reconnais très profondément que la seule chose à faire, c'est de m'asseoir à ses côtés et d'attendre. De ne rien forcer, de ne rien exiger.

Attends Christophe, attends.

Elle se tourne vers moi. Dans ses yeux, je peux voir aussi clairement que si ce texte était inscrit en grandes lettres au néon : ne m'interromps pas!

Elle se retourne et regarde droit devant elle.

— Le plus difficile, c'est de te voir, toi, et de voir Shaya. Vous m'entourez, me protégez. Vous m'aimez.

Je soupire, bien sûr que je l'aime. Bien sûr, qu'elle sait que je l'aime. C'est évident que toute cette paranoïa à son sujet, ce ne sont que mes angoisses qui se manifestent. Comment un Blanc se sent-il après avoir été témoin de la fusillade raciste et injuste d'un individu, exactement comme lui, mais qui, par hasard, a la peau noire. Comment un homme doit-il se sentir après le viol d'une femme? De sa femme?

« Je vous regarde. Je sens votre amour, ta tendresse. Sa gentillesse de petite fille. Et je ne peux m'enlever de la tête que ce qui m'est arrivé ce soir, c'est monnaie courante dans la vie de beaucoup de femmes. Mais qu'en plus du traumatisme qu'elles viennent de subir, souvent elles ont à enterrer... »

Sa voix se brise en sanglots. Elle respire en staccato. S'essuie les yeux du revers de sa manche. Je lui propose presque mon mouchoir, mais je me souviens du regard, de la consigne et je m'abstiens.

« Je pense à celles qui vivent dans la guerre, qui doivent se relever, remettre leurs vêtements en place et aller enterrer les carcasses de leurs maris, de leurs fils et voir le visage... »

Autre pause, cette fois elle me tend la main, je lui remets mon mouchoir.

« ... voir les yeux effarouchés de leurs filles, qu'on a violées elles aussi. Qui n'ont même pas encore atteint la puberté... »

Elle respire.

« Je ne sais pas pourquoi, mais j'avais besoin de te dire cela. Pendant que j'accouchais, tu te souviens, j'avais éprouvé une énorme solidarité avec toutes les femmes de la terre qui avaient déjà enfanté. Ça m'avait donné une force, un pouvoir de continuer même si j'en arrachais. Ce soir, je sens une autre solidarité, une solidarité triste. Incontournable. Je me suis battue ce soir. Mais dans certains combats, la survie n'est possible que dans l'abandon. »

Elle se tait pendant quelques instants. Puis elle murmure :

« Retourne à l'histoire, à notre histoire. S'il te plaît. »

Je sens mon cœur qui prend une embardée. Il y a au creux de moi un cheval majestueux qui se cabre avec toute la force dont il est capable. Continuer l'histoire, notre histoire. J'ai fait le tour de la planète depuis que j'ai interrompu mon histoire, notre histoire. J'ai vu ma fille, sa fraîcheur, sa grandeur. J'ai revu ma petite enfance et ses déboires, mes amours d'adolescent, la prostituée de Paris, les femmes et les enfants violés dans les pays en guerre, les fils et les maris abattus. J'ai vu ma belle dans toute sa douleur, j'ai entendu sa musique. J'ai visité les cachots de mes angoisses amoureuses. Je ne saurais même pas par où commencer, ou plutôt continuer. Ce n'est pas une révolte, ce n'est pas une façon d'exprimer ma frustration. Je ne sais même plus si je veux entendre ce qu'il lui est arrivé ce soir. Je ne peux pas. C'est tout simple. Je ne peux pas continuer. Mais je sais que je l'aime…

Kaï et moi, tard dans la nuit, si tard que je ne saurais même pas dire quelle heure il est. Minuit ? Quatre heures du matin ? Est-ce qu'on est hier, aujourd'hui, demain, la semaine prochaine ? Je ne me rappelle même plus la saison, notre adresse, ma date de naissance. Je suis dans le néant le plus total. Le grand vide. Rien, rien, rien en moi, autour de moi. Dans mon intérieur le plus profond, dans mon extérieur le plus vaste. Rien. Vidé, vidangé. Aussi vide que le réservoir d'essence d'une voiture en panne, que la panse d'un ours affamé, que le cœur d'un monstre sans conscience. Monstres sans conscience ! À quoi pensaient-ils les salauds qui ont brutalisé ma femme ? Est-ce qu'ils sont rentrés chez eux et ont tout bonnement embrassé leurs femmes et leurs filles, se sont ouvert une cannette de bière et se sont affalés devant la télé, un peu déçus d'avoir manqué la première manche du match ? Je réalise que de rien je suis passé à trop. Trop de questions sans réponses. Trop de pensées douloureuses et insensées. Trop d'élans meurtriers, de désirs fous d'aller la venger, d'aller nous venger. Trop d'inaction, de retenue.

— Tu es épuisé.

Kaï me regarde et, pour la première fois ce soir, je vois qu'elle me voit. Qu'elle est redevenue un peu elle-même. Qu'elle réalise que j'existe. Elle me sourit presque, de ses yeux.

« Je commence, te redonne le fil au moins. Tu en étais sur le bateau. Je venais de m'endormir sur ton épaule. La nuit semblait sans fin. Je dormais et je ne dormais pas. Je me sentais bercée dans les bras de l'univers. Tu sentais bon. Une des meilleures odeurs que je n'aie jamais senties. Un peu comme des épices et des agrumes mélangés ensemble. Tu étais confortable. Comme un gros ours en peluche. Je ne peux pas dire que j'étais en train de tomber amoureuse, pas mon genre, pas si vite. Mais j'étais confortable, heureuse. D'un bonheur qu'en rétrospective je crois être un des plus profonds. Mais à vingt ans, on ne connaît pas vraiment la vie ou le bonheur. On se jette dans le courant et on se laisse porter. Et je savais que je devais partir pour l'Europe. Mon départ m'angoissait et me réjouissait. Et tu étais beau. D'une beauté un peu candide, pas du tout comme les hommes de la ville qui s'acharnaient à vouloir me démontrer leur incomparable intellectualité. J'aimais ton silence. Et ton village. Et la mer. Je trouvais que tout était beau chez toi, autour de toi, j'aimais ça quoi. »

Elle hésite.

— Je ne sais plus trop quoi dire.

Elle s'arrête et me regarde. Elle prend presque un air espiègle. Presque.

— Je ne peux pas raconter comme toi. Tu continues. Qu'est-ce qui est arrivé après ? Est-ce qu'on a déjeuné ensemble ? On s'était échangé nos adresses, il me semble.

Elle va à la pêche. Elle essaie de m'emberlificoter. Elle le fait toujours si bien. Mais cette fois-ci, c'est très évident, elle a perdu un peu de sa subtilité habituelle. Elle me regarde comme Shaya lorsqu'elle m'implore pour que je lui achète juste un tout petit peu de bonbons. Juste assez pour remplir sa toute petite main de toute petite fille.

Je reste silencieux. Kaï ne semble pas pressée. Elle a repris de sa prestance et me regarde avec affection, même si son expression est encore abattue. L'éraflure sur sa joue commence à s'entourer d'un écrin bleuté. Elle sait que je ne pourrai pas tenir très longtemps sans parler, sans rectifier. Mais je savoure l'instant. Il y a un souffle nouveau qui s'étale sur notre nuit. Peut-être que je viens juste de passer le cap et d'entrer dans une période de mon sommeil manquant où je m'active naturellement, où la fatigue me pèse moins. Peut-être que c'est Kaï, les mots de Kaï, sa voix qui me donnent un certain regain. Le fait qu'elle semble avoir franchi une étape et être un peu mieux.

Et maintenant, elle a mis mon cerveau en branle. Elle a activé mes idées et je ne pense qu'à ce matin d'août et je me souviens exactement de comment la nuit s'était terminée. Je me souviens exactement de la lumière de l'aube, je me souviens exactement du moment où ses yeux se sont ouverts. Je me souviens de ne pas avoir fermé l'œil de la nuit et de m'être senti légèrement enivré. Je me souviens de cet étrange phénomène de brume qui…

« Christophe, je sais à quoi tu penses, dis-le tout haut… Raconte-le-moi. »

Je la regarde et soupire. Elle a trop d'emprise sur moi. Elle et sa fille, avec leurs yeux noirs, me connaissent trop bien. Je m'éclaircis la voix et je plonge :

« La nuit s'achevait. La mer était juste un peu recouverte d'un nuage de brume. Une brume éthérée, si légère. Une nuée comme celle qui flotte dans les paradis habités par des archanges en longues robes blanches qui boivent du champagne en se prélassant dans l'herbe. Je me souviens très clairement de l'arc de brume qui soudain s'était élevé pratiquement au-dessus du bateau. Comme un gros portail de vapeur. Terry avait été sidéré.

— *My God, a fog bow!* Regardez ça tout le monde. Ces arcs de brume on en entend toujours parler, eh Chris ? Mais c'est rare en maudit qu'on en voie un en personne !

Tu t'étais éveillée en entendant ces mots. Je me souviens d'avoir été profondément touché par la présence de tes yeux que je voyais pour la première fois de près dans la lumière du jour. Tu t'étais levée rapidement pour regarder la mer et ce mystérieux phénomène de brouillard. Puis le bateau avait plus ou moins traversé la grande voûte de brume, l'arc de brume, le titre de ton premier album... »

Kaï me regarde et fait non de la tête.

— Je suis désolée, mais quand tu parles de nous, ça ne marche vraiment plus. C'était mieux, plus tôt, quand tu racontais l'histoire de Christophe et Kaï...

Je ne peux m'empêcher de soupirer, je ne m'étais même pas rendu compte que j'avais raconté à la première personne. D'abord, c'est une histoire, puis une autre et maintenant elle joue à l'éditeur... Mon irritation revient au grand galop et me saute sur les genoux. Est-ce qu'elle est en train de prendre le contrôle, comme une enfant gâtée ? Ça lui arrive parfois, mais habituellement c'est un effet secondaire de ses succès musicaux, lorsque les médias tournent autour d'elle. Kaï n'est pas une chanteuse de pop avec un groupe d'admirateurs assidus, mais lorsqu'elle sort un nouvel album, on publie toujours des interviews, des articles à son sujet. Et notre petite vie privée est légèrement exposée au vu au su du grand public parce que, comme dit Shaya : « Maman est dans le journal ! »

Exposée ?

Une idée terrifiante s'infiltre dans mes pensées : et si ces hommes avaient décidé de l'enlever et de la violer parce qu'elle est une musicienne connue ? Parce que de temps en temps son existence fait surface dans les journaux de la ville ? Et si ça faisait des mois et des mois qu'ils la surveillent et qu'ils se préparent à lui sauter dessus, à l'attaquer et à la violer. Si tout ça avait été un acte prémédité. Est-ce que ça risque de se reproduire ? Est-ce qu'elle est encore en danger ? Et Shaya ?

Kaï me regarde. Ses yeux sont vides, son visage a perdu de sa couleur, sauf pour le bleu qui encercle sa blessure.

— Christophe, ça m'aide quand tu racontes. Ça m'aide à m'évader, mais d'une façon vraie. Je ne sais pas si tu comprends, mais si on était pour regarder un film ça ne serait pas pareil. J'ai besoin d'être distraite, mais avec du vrai, avec de la chaleur humaine. L'idée d'entendre ta voix, c'est ce qui m'a fait tenir le coup. Je ne te demande pas ça pour te déranger, pour t'en imposer. C'est juste que ça aide, c'est tout.

Ses yeux sont pleins de sincérité et légèrement humides. Elle ne joue à rien. Elle souffre et je peux l'aider. Je lui souris.

— Donne-moi une minute pour penser.

Elle prend ma main, cette fois elle la tient vraiment dans la sienne. Je rattrape mes idées et je continue :

« Ils avaient donc traversé l'arc de brume, savourant la magie des moments imprévus dont la nature nous fait parfois cadeau. Et le bateau avait accosté au quai. Terry, Marie-Jo, Christophe et Kaï avaient mis le pied à terre.

— Chris, il est un peu plus tard que prévu. Il faut que j'aille au village *checker* quand sont mes premiers clients de la journée. Tu peux aller chez Paul lui redonner les clés de son *truck* ? Je l'ai emprunté hier, mais j'ai gardé les clés sans m'en rendre compte. Y'a rien qu'un *set*, il faut les lui redonner au plus sacrant. Moi je peux raccompagner les dames au village.

La seule route officielle et pavée qui traversait le village s'étalait en face d'eux. Vers la gauche, le village. Vers la droite, perchée en haut de la côte, la maison de l'oncle Paul.

Christophe avait regardé Kaï. Il voulait lui demander si elle devait repartir bientôt. Il voulait lui demander de l'accompagner chez son oncle. Mais il lui avait idiotement dit :

— On se revoit au village ?

Elle avait souri et hoché la tête.

Ils ne s'étaient même pas dit au revoir, même pas donné un petit bisou sur la joue.

Christophe avait pratiquement galopé jusqu'en haut de la côte. Arrivé chez Paul, il avait été accueilli par une matante Yvette en pantoufles et pleine d'entrain qui s'était empressée de lui offrir une tasse de café, des œufs, du bacon, des muffins, une tournée du nouveau salon qu'on venait tout juste de repeinturer. Une grosse heure plus tard, l'estomac trop rempli et le cœur en détresse, il avait redescendu en courant la longue côte menant au village.

Arrivé au Café de la mer, il avait regardé partout, mais pas de traces de Kaï, ni de Terry ni de Marie-Jo. Il avait couru jusqu'au kiosque de Terry, mais là non plus personne. Puis, en regardant sur l'eau, il avait vu le vaillant petit bateau, qui venait d'abriter une des plus belles nuits de sa vie, qui se faisait aller au gré des vagues. Terry commençait sa première tournée. Où était passée Kaï ?

Le reste de la journée s'était écoulé comme de la mélasse trop épaisse qui ne sort pas du pot même lorsqu'on le met à l'envers. Christophe s'était traîné les pieds d'un endroit à l'autre sans but et sans enthousiasme. Finalement, Terry était passé au Café de la mer en fin d'après-midi. Christophe l'avait aperçu par la porte de la cuisine et s'était empressé de s'essuyer les mains sur son tablier et de courir à la rencontre de son frère.

— Où est passé Kaï ? Je ne l'ai pas revue ce matin. Est-ce qu'elle est repartie à Montréal ?

— Eh ben le petit frère, on commence par dire : « Bonjour Terry, comment a été ta journée ? » Il y a juste Kaï qui compte dans la vie ? Ben oui, elle est repartie. Son ami, le joueur de basse, l'attendait ici dès qu'on est arrivés, pis il avait l'air pas content, il était pas mal pressé… Ils sont disparus dans un nuage d'*exhaust* qui sentait pas trop bon…

— Qu'est-ce qu'elle a dit avant de partir ? Est-ce qu'elle t'a donné un mot pour moi ? J'ai même pas son adresse, son nom de famille, rien !

— Ben non, elle m'a demandé mon adresse, mais elle a rien dit à propos de toi… Je pense qu'elle m'a trouvé pas mal à son goût !

— Terry, niaise-moi pas ! Qu'est-ce qu'elle a dit ?

— Mon pauvre Chris, elle a pas eu le temps de rien dire. L'autre était en gros tabarnak, elle a juste ramassé ses bagages pis elle est partie…

— Pis c'est tout, rien pour moi ?

— Rien ! »

Kaï me regarde d'un air étonné.

— Mais c'est pas vrai ça ! J'ai donné une note à Terry pour toi. Avec mon adresse à Montréal et même celle de l'université de Vienne où j'allais partir, c'est comme ça qu'on s'est retrouvé l'été suivant…

Je regarde Kaï l'air triomphant.

— Tu m'as dit que je pouvais nous réinventer… J'ai donc décidé de donner des nouveaux tournants pis un peu de suspense à notre histoire.

Elle se cale confortablement dans le divan, appuie sa tête contre mon épaule et murmure :

— OK, vas-y, continue s'il te plaît.

« Christophe était absolument atterré. Jamais de toute sa vie, il n'avait autant désiré revoir quelqu'un comme il voulait revoir Kaï. À partir du moment où Terry lui avait décrété que Kaï n'avait laissé aucun renseignement sur elle-même, Christophe avait décidé qu'il allait consacrer les prochains jours, voire les prochaines semaines, les mois à venir à retrouver sa musicienne. Sa première investigation se déroula dans la cuisine du Café de la mer.

Il alla trouver Jeff, le patron, qui était assis à son bureau dans l'arrière de la cuisine à faire les comptes.

— Jeff, le groupe qui a joué ici hier soir c'était qui ?

— La pianiste était incroyable eh ? J'ai jamais rien entendu de tel. Je leur ai demandé de rester un soir de plus...

En entendant ces mots, Christophe sentit son cœur faire un arrêt si soudain qu'il pouvait presque entendre un crissement de pneus dans sa poitrine. Un soir de plus, est-ce que Kaï allait revenir ?

— ... mais malheureusement, ils avaient un autre spectacle ce soir à Paspébiac, ou bien est-ce que c'est Cap-Chat, je m'en souviens plus... En tout cas, ils ne pouvaient pas rester parce qu'ils avaient un autre engagement. Je leur ai même offert de revenir dans deux jours, mais il fallait qu'ils retournent à Montréal. C'est dommage !

— Jeff, Paspébiac ou Cap-Chat ? Lequel des deux ? C'est même pas deux noms qui se ressemblent...

— Honnêtement Christophe, je ne m'en souviens pas. Il y a un livreur qui est venu ce matin, t'aurais dû voir le bonhomme, grand comme ça se peut pas, t'aurais l'air d'un nain à côté de lui, pis lui, il venait ou ben de Paspébiac ou de Cap-Chat... C'est pour ça que je mélange les deux. En tout cas un grand gars qui a dit que...

— Jeff, je ne veux rien savoir de ton livreur, je veux savoir où sont passés les musiciens et je veux savoir c'était quoi leurs noms. C'est toi qui les as engagés, tu dois bien savoir comment ils s'appellent.

— Les musiciens… attends un peu, je viens juste de voir leur contrat ici dans ma pile de papiers. J'avais une couple de posters, mais ils ont tous disparu. Tiens, le contrat… Le nom du groupe c'est Alizé. Le bassiste, c'est Pierre Tanguay, c'est lui qui a signé le contrat, pis elle, ben je me souviens pas bien de son nom, Kaylali ou quelque chose de même ? Je sais pas, il me l'a présentée pis ben elle a un nom asiatique quelconque, mais je ne pourrais pas te dire exactement ce que c'est. Mais je te dis, tu devrais surveiller ça parce que je pense qu'elle va devenir quelqu'un. Hey, une pianiste de même, ça court pas les rues !

— Jeff, est-ce que c'était Paspébiac ou Cap-Chat ? *Come on!*

— Mon pauvre Christophe, je ne saurais pas te dire. Tu sais quand on vieillit, c'est pas toujours facile de se souvenir de tout. La femme arrête pas de me dire que j'oublie toujours tout, pis…

— OK, OK, je comprends. Deux questions, est-ce que je peux avoir la soirée *off*, pis est-ce que je peux emprunter ton char pour la nuit ?

— Wow, tu *barguines* fort, un congé payé en plus de ça ? Avec la limousine fournie ? Il y a Marlaine qui voulait des heures de plus, ça fait que oui, ça marche, tu travailles pas ce soir ! Pis je suis ben rien qu'un vieux fou, mais OK, prends le char. Dis rien à personne, pis passe par le rang d'en haut, il faudrait pas que la femme te voie… Où est-ce que tu vas aller en premier, Cap-Chat ou Paspébiac ?

— Jeff, t'es super ! Merci !

— Faque comme ça c'est avec toi qu'elle a passé la nuit la belle pianiste ? Parce que son bassiste la cherchait partout ce matin, il avait pas l'air trop content qu'elle ait disparu ! Allez, prends les clés pis va-t'en !

— Salut Jeff, je te raconterai tout ça plus tard.

— Oh, Christophe, une dernière chose avant que tu partes, as-tu décidé ce que t'allais faire cet automne. Je suis en train de préparer mes horaires pour septembre.

— Ben, je m'en vas. J'ai été accepté à l'Université de Montréal…

En prononçant ces mots alors qu'il sortait de la cuisine en courant, Christophe venait tout juste de prendre la décision d'aller étudier. À Montréal… Pendant tout l'été, il avait hésité, piaffé à l'idée d'aller s'enfermer dans des salles de classe, d'aller se laisser étouffer dans la grande ville. Mais il était temps qu'il se place les pieds, comme lui disait son père. Pas facile à faire quand on ne sait pas exactement ce qu'on veut faire de sa vie. Il avait bien aimé voyager et avait une longue liste de périples à pied, en vélo, sur le pouce à son actif, mais à long terme ça ne pouvait pas durer. Et voilà qu'en l'espace de quelques secondes, il avait pris sa décision. Il allait partir vivre et étudier dans la métropole et retrouver sa pianiste !

Il avait opté pour Cap-Chat parce que c'était plus éloigné, donc il y avait plus de chances que ce soit leur destination, étant donné que Pierre voulait partir tôt.

Il avait roulé à vive allure, ne prenant pas le temps d'admirer la côte dans la lumière rosée du coucher du soleil. Il avait roulé, roulé, roulé. Il était à peine dix heures quand il était arrivé. Il avait vite fait le tour du village et constaté qu'il n'y avait aucun endroit où Kaï et son bassiste auraient pu donner un spectacle. Un tout petit motel faisait face à la mer. La propriétaire avait été catégorique :

— Ben, non. Il n'y a pas de groupe de musique montréalais ici… Je ne sais pas où est-ce que tu pourrais trouver quelque chose comme ça sur la côte ici ? C'est pas mal tranquille…

Mais son mari s'était levé lourdement de sa chaise berçante.

— Attends donc un peu toi là. Ils sont pas venus ici tes musiciens, mais on a reçu de la publicité ce printemps. Il y avait une pianiste dans ce groupe-là, non ?

Le vieil homme avait farfouillé dans ses paperasses et retiré un poster, en noir et blanc sur lequel on pouvait voir une photo de Kaï de dos, assise au piano et l'ombre de Pierre qui planait au-dessus d'elle. Le nom du groupe, Alizé, était imprimé en grosses lettres noires et un gros trou blanc recouvrait le bas du poster, l'endroit désigné pour écrire le lieu et la date du concert.

« Tu peux l'avoir si tu veux mon grand, nous autres on peut pas vraiment recevoir de groupes ici. »

Il était trop tard pour se rendre à Paspébiac et Christophe s'en était retourné chez lui, bredouille et découragé.

Quelques jours plus tard, il partait pour Montréal, le pouce en l'air. Accroché à ses épaules, un gros sac à dos contenant tous ses biens, incluant son précieux poster d'Alizé.

La ville lui était apparue comme un géant affalé et recouvert d'un gros manteau de grisaille et de fumée et la chaleur du jour était encore imprimée dans le béton des trottoirs. Son premier réflexe avait été de parcourir les rues du centre-ville et du plateau en tous sens, pensant naïvement qu'il allait la rencontrer par hasard.

Ensuite, il lui avait fallu chercher un appartement, finaliser son admission à l'université, s'occuper de ses prêts et bourses, mais sa plus grande préoccupation demeurait de retrouver Kaï. Il sortait de chez lui tous les matins et se demandait où, dans cette grande ville, elle pouvait bien se trouver. Son patelin lui manquait. Trouver Kaï dans son petit village aurait été une affaire de quelques minutes :

— Où habite la joueuse de piano asiatique ?

— Par là, mon bon jeune homme !

Aussi simple que ça ! Mais dans la ville, c'était comme essayer de trouver une feuille d'érable en particulier dans le parc Lafontaine, au cœur de l'automne. Il avait trouvé deux pages de Pierre Tanguay dans l'annuaire. Il les avait tous appelés l'un après l'autre, mais cette quête s'était avérée inutile. Pas d'Alizé, pas de Pierre Tanguay bassiste, pas de Kaï. Et la vie qui commençait à faire son petit chemin, à prendre ses habitudes, à se baliser des sentiers dans la jungle urbaine. L'université s'avérait moins emmerdante que prévu. Les cours de langues et de traduction allaient bon train. Kaï lui manquait, mais sa rencontre avec elle commençait à prendre l'allure d'une histoire qu'il n'arrivait plus à cataloguer : réalité — fiction — mythe — allégorie ?

Un soir de décembre, le vent soufflait plus fort que d'habitude, d'une brise humide et frigorifiante, et Christophe avait fêté un peu trop fort la fin des examens. Il avait décidé d'appeler Terry.

— Allo, le petit frère ! Comment ça va dans la grande ville ? Qu'est-ce qui me vaut l'honneur de ton appel ? Est-ce que tu t'ennuies de nous autres ici ou ben est-ce que t'as besoin d'argent ?

— Ni l'un ni l'autre, Terry. Je voulais juste parler de cet été. De la fois qu'on a passé la nuit sur le bateau pis qu'on avait vu l'arc de brume. Kaï, la pianiste. Elle était là avec nous ? Elle existe pour vrai, hé Terry ?

— *Poor Chris! Get over her!* Voyons, ben sûr qu'elle existe, est-ce que tu l'as revue depuis que t'es à Montréal ?

— Non, jamais revue. L'arc de brume, c'est arrivé aussi, non ?

— Oui c'est arrivé pour vrai aussi. Bon, écoute-moi bien Chris. Es-tu chez toi ?

— Oui. Je viens de rentrer d'un party de Noël !

— Je peux entendre ça dans ta voix. Parfait. Ben là, tu ressors pas de chez toi, tu vas aller te coucher et rêver à ta belle pianiste. Elle existe vraiment, fais-toi z'en pas, OK ? Prends soin de toi, le petit frère ! Pis demain essaye donc de rencontrer quelqu'un d'autre. Je ne peux pas croire qu'il n'y a pas d'autres filles que Kaï qui ont de l'allure dans une ville de plus d'un million d'habitants.

— OK Terry, bonne nuit.

Christophe avait raccroché en pensant exactement le contraire de ce que Terry lui avait dit. Non, il n'avait rencontré personne dans cette grosse, grosse ville qui l'intéressait ne serait-ce qu'un tout petit peu. Des amies, il en avait des tonnes. Mais aucune femme qui le faisait démordre de son envie de retrouver Kaï.

Il avait presque abandonné tout espoir de la revoir lorsqu'un jour une image familière lui était sautée aux yeux dans un petit café du Plateau Mont-Royal. Sur le mur, derrière la caisse enregistreuse, il avait remarqué le poster, le fameux poster du groupe Alizé. Il était à moitié camouflé derrière toute une tapisserie d'annonces et d'affiches. Mais il n'aurait pas pu ne pas reconnaître la ligne pure du cou de Kaï qui se penchait vers sa musique. Cette image était aussi bien ancrée dans sa conscience que celle du gros rocher qui faisait la gloire de son village. Il avait demandé à la serveuse :

— Est-ce que je peux regarder l'affiche qui est derrière le comptoir ?

Elle lui avait répondu avec un air un peu incrédule :

— Le poster? Il y a à peu près 500 posters en arrière de moi.

— C'est juste que je connais la pianiste…

La femme s'était retirée de derrière le comptoir et lui avait fait place.

Christophe avait soulevé les posters qui entouraient celui de Kaï et était arrivé à découvrir sa nuque, ses cheveux, ses mains sur le clavier et une partie de la basse de Pierre. L'espace blanc au bas de l'affiche était recouvert d'une belle écriture régulière, noire comme les cheveux de Kaï. Vraisemblablement, son écriture bien à elle. Le nom du café y était inscrit de même que la date du 2 septembre.

— Le 2 septembre qui vient de passer?

— Oui, ce groupe-là, je m'en souviens bien, c'était cet automne. La pianiste, oh mon dieu si elle jouait bien! Le café était bondé de monde!

— Tu la connais la pianiste, c'est toi qui l'avais engagée?

— Non, mon ancien boss. On parlait justement avec le nouveau patron d'essayer de la faire revenir, mais on n'a pas son téléphone, ni son adresse. Dommage! Parce que si on pouvait la ravoir, on sauterait sur l'occasion! Je te dis, la salle serait pleine à craquer, il y aurait du monde sur le trottoir même!

Christophe avait quitté le café dans un état d'effervescence profond. Kaï avait donné un spectacle ici au mois de septembre, il y avait à peine sept mois. De retour chez lui, il avait sorti son poster d'Alizé et l'avait contemplé pendant quelques instants. Devrait-il aller passer ses journées assis au café jusqu'à ce qu'elle revienne? Marcher dans la rue, arrêter les passants et leur demander s'ils connaissaient cette pianiste? Cette belle pianiste qui habitait ses jours et ses nuits et qu'il voulait revoir à tout prix.

S'il avait été un prince et si le poster avait été un soulier, il n'aurait pas hésité à organiser un bal et à y convier toutes les belles de la ville. Toutes les belles femmes d'origine chinoise de la ville. Il avait déjà passé pas mal de temps dans le Chinatown, mais sans succès… Mais un bal… Cette idée romantique l'attirait. Il pouvait s'imaginer la splendide Kaï qui descendait le grand escalier en colimaçon qui menait à la salle de bal, un sourire aux lèvres. Et lui, le prince Christophe qui allait à sa rencontre… »

Kaï et moi, toujours dans le salon, toujours aux prises avec cette nuit abominable et sans fin. Mais j'ai trouvé un filon, un but à mon histoire. Je veux lui faire une mégadéclaration d'amour. Je veux lui donner un répit, la transporter dans un monde tout à fait différent. Je veux qu'elle s'envole vers un ailleurs tout doré, un peu farfelu et drôle. Juste pendant quelques moments. Je sais que les fées et leurs baguettes magiques n'existent pas, mais si je peux lui offrir une petite oasis, un petit instant de fantaisie, pourquoi ne pas le faire ? Je la sens tout contre moi, à l'écoute, relâchée. Je la regarde. Elle me sourit. Le premier vrai sourire de la soirée.

— Et ensuite ?

« Ensuite Christophe avait pensé longuement et tranquillement et, d'une façon très viscérale et naturelle, un plan s'était élaboré.

La serveuse au café avait dit mot pour mot que s'ils avaient pu inviter Kaï à venir jouer de nouveau, il y aurait une telle foule qu'il y aurait des gens jusque sur le trottoir. Attirer une foule de fans. De fans de Kaï. C'est ce que Christophe voulait faire, car dans cette foule, il y aurait immanquablement quelqu'un qui la connaîtrait.

Christophe continuait sa vie d'étudiant, mais une petite idée germait dans son cerveau. Une idée encore indéfinie, recourbée sur elle-même dans l'espace chaud et noir qu'on retrouve au cœur des gens où les semences des plus grandes découvertes de l'humanité ont été remisées avant d'être prêtes à affronter le grand jour et ses extrémités. Il n'avait jamais douté de la présence de Kaï au sein de la grande ville. Depuis son arrivée en ville, il avait toujours eu conscience qu'elle était la nappe phréatique qui abreuvait tous ses moments, petits et grands. Et maintenant que cette idée était en germination, il sentait comme une petite source qui jaillissait au centre de son univers et qui nourrissait tranquillement cette semence. La présence de Kaï était de plus en plus manifeste et il commençait à imaginer avec des soubresauts de joie le jour où il la verrait enfin.

Lorsqu'une idée folle et grandiose fait sa place dans notre cerveau, la vie se charge souvent de lui donner un tremplin, une façon de se concrétiser. En un bel après-midi de la fin mars, le soleil brillait tellement fort qu'on aurait pu lui donner une contravention pour excès de lumière. Un Christophe exubérant s'était rendu à une réunion du club de langues à l'université. On cherchait à organiser une soirée culturelle. Lors de cette soirée, plusieurs artistes allaient présenter des numéros de musique dans la salle de spectacle au centre du campus. Christophe s'était porté volontaire et faisait partie du comité responsable de la publicité, de la réservation et de la décoration de la salle. Afin de bien examiner les lieux, sa petite équipe s'était rendue sur place, à la salle de spectacle. Sa visite sur la scène avait laissé Christophe pantois. La petite graine d'idée avait fait un grand tour sur elle-même et une petite pousse verte, bien en santé, était apparue à la surface de sa conscience. Parallèlement à l'organisation de la soirée culturelle, Christophe avait entrepris d'autres préparatifs. Il avait réservé la salle pour une autre soirée : un concert d'Alizé. La petite pousse était solide et commençait son ascension vers le ciel.

Christophe avait fait des centaines d'exemplaires de son précieux poster, qu'il avait placardé partout dans la ville. Et maintenant, à une semaine du concert, il comptait les jours à rebours comme un enfant qui attend Noël avec impatience.

Jour 7 : il ne pouvait s'empêcher de sourire, et sa démarche avait pris un air de fête.

Jour 6 : il avait eu un peu peur. Et si personne ne se présentait le soir du spectacle ?

Jour 5 : il avait été pris de vertige en réalisant que, s'il était des plus chanceux, Kaï, elle-même, en personne, allait se pointer au spectacle...

Jour 4 : paisible, il attendait le cœur serein.

Jour 3 : la peur, la grande avec un P majuscule s'était infiltrée dans son esprit : quelle folie l'avait poussé à organiser un tel évènement ?

Il se sentait nerveux, timide et stupide. Qu'est-ce qu'il allait bien pouvoir dire ou faire devant les admirateurs de Kaï ? Et si elle se présentait, serait-elle furieuse qu'il ait organisé un cirque pareil : un concert où l'on omet d'engager les musiciens. « Mais j'aurais été enchanté de les inviter, se disait Christophe, si seulement j'avais su comment les rejoindre, je les aurais invités ! » Il se défendait et se parjurait. Tout devenait de plus en confus dans sa tête. Son bon copain et coloc, Richard, qui l'avait suivi dans ses péripéties d'organisateur et un peu aidé pour la publicité, le regardait en secouant la tête :

— T'es rien qu'un capoté Boileau. Je peux pas croire que tu te mets dans tout ce trouble-là juste pour revoir une fille !

Jour 2 : Christophe n'était plus lui-même, il était devenu un automate, un robot un peu chancelant qui continuait d'aller de l'avant, qui avait parlé à l'agent de sécurité, payé pour la location de la salle — sans savoir comment il allait payer son épicerie dans les semaines à venir, mais enfin… —, qui avait finalisé les derniers détails, qui était allé chercher les clés de la salle au bureau de la secrétaire.

— Tu vas te procurer les billets toi-même ?

— Ben, euh, oui, je pense, je ne sais pas, il n'y pas de billets, c'est un spectacle gratuit…

— Gratuit ? Vous n'allez pas essayer de faire une levée de fonds ? Si vous savez pas pour qui faire ça ben, il y a les rescapés de Tchernobyl qui auraient bien besoin d'aide, il y a un compte déjà créé, tu peux en parler avec ceux de la fac de science politique…

— Non, non, ça va, c'est un concert au nom de l'amour, rien d'autre…

— Ben, en v'là encore un qui est resté pogné dans les années soixante… Oublie pas la clé pis amusez-vous bien avec l'amour !

Jour 1 : L'idée avait germé, avait poussé et était devenue une plante trop criarde et extravagante au goût de Christophe. Il était trop nerveux pour s'habiller, trop nerveux pour manger, trop nerveux pour se raser, trop nerveux pour penser, ne pouvait plus bouger. Le jour marchait de l'avant avec cette exaspérante régularité que le temps a tendance à suivre, mais Christophe se sentait devenir de plus en plus terrifié.

Au milieu de l'après-midi, Richard avait commencé à s'inquiéter. Que faisait donc Christophe ? Pourquoi ne donnait-il pas signe de vie depuis hier soir ? Il avait frappé gentiment à sa porte.

— Debout le grand, je vais te faire des œufs. Allez, c'est le temps de te lever !

Christophe s'était caché la tête sous l'oreiller.

Richard avait cogné un peu plus fort.

« Debout Boileau. Il est presque trois heures de l'après-midi. Il faut que tu te grouilles, c'est le gros spectacle ce soir ! »

Toujours rien.

« Mais maudit, es-tu là ? »

Richard avait ouvert la porte et trouvé Christophe enterré sous ses couvertures. Pétrifié.

Richard s'était assis sur le coin du lit.

« Allez le grand, il faut que tu fasses un effort. »

— Je ne sais plus ce qui m'a pris, Richard. Qu'est-ce que je vais faire quand tout le monde va être là ?

— Ben, ça va être un peu bizarre. Mais, tu sais, je t'admire. Tu n'as pas abandonné depuis que tu es arrivé ici cet automne. Tu n'as pas oublié. Tu veux revoir cette Kaï et tu n'en démords pas. En même temps, tu t'es créé une bonne vie ici, tu aimes tes cours, tu t'es fait des amis, tu réussis bien à l'université. Mais Kaï reste au centre de ton univers. C'est ta discipline. Si tu étais un nageur, tu serais à la piscine tous les matins, dans le froid, dans la pluie, dans les lendemains de brosse parce que ce serait important pour toi. Mais pour toi, c'est Kaï. Tu fais tout le reste, mais Kaï, c'est ton axe, c'est ce sur quoi tourne ta vie. Et je ne peux pas m'empêcher de t'envier un peu, et je pense que cette femme, qui soit dit en passant doit être pas mal extraordinaire pour t'avoir fait cet effet-là, ben elle est pas mal chanceuse elle aussi. Parce qu'être adulée comme ça, être l'objet d'une telle assiduité, d'une telle adoration c'est pas mal incroyable. J'espère que quand tu vas finir par la voir, pis si elle veut bien de toi, qu'elle va apprécier ce que tu as à lui offrir. Parce que l'amour inconditionnel, ça court pas les rues… »

Je sens un petit coup de coude dans mes côtes. Kaï me regarde, elle a un sourcil plus élevé que l'autre :

— T'exagères un peu Boileau, non ?

Ça fait des années qu'elle ne m'a pas appelé par mon nom de famille.

— Ben, oui et non. Il y a des bouts de l'histoire qui sont quand même vrais, que j'inclus dans mon récit. Par exemple, Richard et moi on a vraiment eu cette conversation, ou une conversation pas mal proche de celle-là juste avant que je parte pour l'Europe pour aller te retrouver. C'était le jour de mon…

— Laisse tomber, continue l'histoire.

La sultane me donne ses ordres… Je fais mieux de m'exécuter…

« Richard avait ajouté :

— Tu sais des gestes comme ceux que tu t'apprêtes à poser, c'est ça qu'on appelle diriger sa destinée. Tu t'es rendu jusqu'ici, faudrait pas abandonner maintenant. On regrette bien plus ce qu'on n'a pas fait que ce qu'on a fait…

Les paroles de Richard avaient apprivoisé Christophe. Comme un grand ours devant un pot de miel, il s'était laissé couler hors du lit et était allé prendre sa douche.

Allait-il revoir Kaï dès ce soir ? Et si oui, qu'est-ce qu'il allait lui dire ? Quand on n'a pas vu quelqu'un depuis des mois, les premiers moments sont toujours un peu étranges. Mais dans ce cas-ci, c'était encore plus étrange parce que Kaï, si elle se présentait au concert, ne s'attendrait pas à le revoir, tandis que lui, il avait passé des semaines, des mois à espérer leur rencontre. Est-ce que c'est du courage ou de la folie que de s'engager complètement envers quelqu'un même si on ne sait pas ce que cette personne désire, même si on ne sait pas si cette personne veut de nous ? Est-ce que l'amour doit toujours être réciproque ? Est-ce qu'aimer sans attentes, c'est de l'amour vrai ?

Christophe, tout en se préparant, se sentait de plus en plus calme. Il allait simplement voir ce qui allait se passer. C'est tout. Le pire, ce serait que rien du tout n'arrive, ce qui est exactement ce qui se passerait s'il ne se rendait pas au concert. Aussi bien y aller et voir. La vie est une expérience culinaire prodigieuse, et si on refuse d'y mettre nos ingrédients, on n'obtient pas de repas.

Ils étaient partis tôt. Richard semblait plus nerveux que Christophe. Il parlait sans arrêt.

— Comment tu l'as rencontrée encore ? C'est juste une nuit que vous avez passée ensemble, pis seulement à parler et à regarder les étoiles sur le bateau de ton frère ? Elle est grande ? Ses cheveux, bien sûr, sont noirs, ça tu me l'as déjà dit, pis en plus, ben si elle est Chinoise, il faut qu'elle qu'elle ait les cheveux noirs. Pis les yeux aussi.

Ils avaient ouvert la porte de la grande salle silencieuse et s'étaient assis au premier rang. Christophe se sentait comme s'il s'apprêtait à se marier. Il regardait droit devant lui, en recueillement.

Peu à peu, la salle avait commencé à se remplir. Par petits groupes, les gens entraient en parlant tout bas comme par respect pour le piano à queue que Christophe avait eu la présence d'esprit de faire sortir. Il trônait en solitaire sur la scène, les touches noires et blanches semblaient à Christophe comme un long sentier qui menait au cœur même de son destin.

Il ne voulait pas se retourner. Il entendait les murmures de la foule et pensait : « Si Kaï se présente ici ce soir, je lui demande de m'épouser, comme ça sans façon, ici devant tout le monde. » Il avait la certitude, au fond de son cœur, que cette femme, qu'il ne connaissait, en fait, qu'à peine, était celle avec qui il voulait passer le reste de ses jours. Celle avec qui il voulait avoir des enfants. Celle avec qui il voulait partager les joies, les peines, les tourments qu'ils allaient rencontrer à bord de cette étrange galère qu'est la vie. Elle était celle qu'il voulait épauler, peu importe les intempéries que la vie allait leur présenter.

Le bruit des voix avait commencé à s'estomper. Christophe ne pouvait savoir combien de gens étaient assis derrière lui. Des dizaines, des centaines. La salle pouvait en contenir trois cent cinquante. C'est ce qu'on lui avait dit. Il se mit à faire des calculs de probabilités absurdes où il essayait de deviner quel pourcentage de gens dans l'assistance aurait de bonnes chances de connaître Kaï. S'il y a cinquante-sept personnes derrière moi, et si j'évalue qu'au moins un pour cent des gens qui fréquentent un concert connaissent les musiciens personnellement, ça veut dire qu'au moins une demi-personne devrait être en mesure de me dire où je peux trouver Kaï. Par contre, s'il y a plus de deux cents personnes, ça veut dire que deux personnes entières, pas de demi, pourront me dire où se trouve ma belle. Et avec trois cents…

Ses pensées furent interrompues par les toussotements des gens autour de lui et par un vaillant coup de coude donné par Richard lui indiquant sa montre et faisant signe que quelque chose devait maintenant se passer. Ça faisait dix minutes que le concert aurait dû commencer.

Le moment, le gros moment où Christophe était entièrement responsable, où il tenait fermement les rênes de sa vie entre ses mains et s'apprêtait à faire tourner la voie de son destin était sur le point d'arriver.

Il se leva, un peu chancelant, et s'avança vers la scène. Il regardait droit devant lui ne voulant risquer de perdre son sang-froid. Christophe était un homme grand, aux longs bras et aux longues jambes. La scène, devant lui, ne lui arrivait même pas à la hauteur de la taille. Et Christophe était en forme, ne se déplaçant dans la ville qu'à pied ou à cheval sur sa bicyclette. Un enfant de la campagne, de la mer, aux muscles forts et bien coordonnés. Sauter élégamment sur la scène aurait dû être d'une simplicité extrême, mais c'était sans compter avec le poids énorme qui lui pesait sur les épaules depuis quelques semaines et la nervosité maladive qui lui coupait les jambes. La salle était maintenant silencieuse. On devinait, on présumait que le jeune homme qui s'avançait vers la scène allait procéder à la présentation d'Alizé.

Christophe avait posé sa main gauche sur le rebord en bois patiné et, prenant son élan, s'était apprêté à sauter à pieds joints sur la scène, tel un chevreau agile. Mais au lieu de se retrouver debout devant tout le monde, il avait perdu pied et s'était retrouvé affalé sur le sol, un goût de sang dans la bouche. La foule avait lâché un soupir bruyant. Maladroitement, comme un chien un peu honteux, Christophe s'était relevé et avait porté la main à sa lèvre inférieure qui commençait à enfler tranquillement. Avant de se tourner vers son public, ou plutôt vers le public d'Alizé, il avait, du revers de sa manche, épongé un mince filet de sang. Un clown pathétique, voilà comment il se sentait.

La salle était comble, mais absolument silencieuse. La lèvre boursouflée, la mort dans l'âme, Christophe s'était reculé. Il se sentait acculé contre la scène, contre son destin devant la concentration de la foule. Le piano était silencieux et resterait silencieux. Et Christophe se devait d'expliquer pourquoi aux quelque trois cent cinquante personnes qui se tenaient aux abois devant lui. Il s'éclaircit la voix, ne sachant trop quoi dire. Sa chute, sa lèvre tuméfiée ne lui laissant plus un iota de concentration.

Puis, tout lui était revenu : Kaï. Il était venu ici pour Kaï, pour trouver quelqu'un qui pourrait le mener à elle. À la femme qu'il aimait plus que tout au monde, ou du moins qu'il pensait aimer plus que tout au monde et qu'il voulait retrouver. À l'instant où son cerveau reprenait enfin le dessus et lui dictait ce qui devait suivre, alors qu'il s'éclaircissait la gorge et s'apprêtait à s'adresser à tous ceux et celles qui étaient venus entendre Alizé, la grande porte de bois à l'arrière de l'auditorium s'ouvrit prestement. Une silhouette svelte se faufila dans la salle et descendit d'un pas ferme et décidé la longue allée inclinée qui s'avançait jusqu'à la scène.

Ces longs cheveux noirs, ce teint doré, ce ne pouvait être que… Kaï.

Christophe faillit tomber une deuxième fois, secoué à la vue de sa bien-aimée. Elle s'approchait et Christophe, plein d'émotion, ne pouvait distinguer clairement ses traits. C'est sa voix qui avait tout trahi.

— Qu'est-ce qui se passe ici? Qu'est-ce que c'est que ce concert bidon? Alizé n'existe plus! La pianiste est en Europe et le joueur de contrebasse, en Amérique du Sud.

Christophe avait été pris de court en entendant le ton de la voix : d'abord parce qu'il était évident que ce n'était pas la voix de Kaï, mais aussi parce que l'agressivité de la visiteuse l'avait perturbé.

Un murmure surpris et déçu s'était étendu sur la salle. Les gens avaient commencé à parler et à bouger.

La nouvelle venue descendait toujours vers Christophe qui sentait qu'il fallait qu'il agisse le plus vite possible s'il voulait arriver à son but, celui de retrouver sa belle. Oubliant sa gêne, sa peur, sa lèvre ensanglantée, il avait cette fois bondi sur la scène. Faisant face à tous, même à la jeune femme en furie qui s'avançait vers lui, il avait déclaré :

— Avez-vous déjà aimé quelqu'un ? Aimé tellement que ça prend possession de votre être tout entier comme quand on plonge dans l'eau glacée et qu'on ne peut même plus respirer ? Si je vous ai trompé aujourd'hui, si je vous ai invité à un concert qui n'aura pas lieu, c'est au nom de l'amour. Un amour fulgurant, omniprésent, qui me hante et que je n'ai pu oublier depuis cet été... »

Je me tourne vers Kaï. Elle est ce public que je veux convaincre de l'ampleur de mon amour. Elle me regarde et suit le fil de mon histoire. Elle vogue avec moi. Je suis heureux, je poursuis :

« L'amour est fou. L'amour est aveugle. L'amour ne connaît pas de limite, pas de frontière. Une fois qu'il nous a trouvés pour de bon, l'amour ne nous lâche pas. Il nous prend dans ses pattes douces et chaudes et s'agglutine à nous. Et nous, nous lui souhaitons la bienvenue et l'embrassons comme s'il nous avait toujours connus, nous promettant de ne jamais le perdre. L'amour m'a trouvé cet été en la personne de Kaï, la pianiste qui faisait partie d'Alizé. Je l'ai rencontrée dans mon village au bord de la mer...

Et Christophe avait entrepris de raconter sa rencontre avec Kaï à toute la foule ahurie qui, au départ, avait continué à chuchoter et à se trémousser sur son siège, mais qui, graduellement, s'était laissé envoûter. Même la jeune femme aux cheveux noirs qu'il avait prise pour Kaï avait fini par s'asseoir aux côtés de Richard et, comme les autres, avait succombé aux descriptions de la mer, des baleines, des yeux de la fille qui avait ensorcelé le narrateur.

… Et c'est ainsi que depuis ce matin ensoleillé du mois d'août dernier, je n'ai eu de cesse que de retrouver cette Kaï, cette musicienne, qui vraisemblablement, vous a aussi beaucoup impressionnés puisque vous vous êtes déplacés jusqu'ici pour entendre sa musique.

La foule était restée muette puis avait répliqué par un tonnerre d'applaudissements retentissant, qui s'était amplifié jusqu'à ce qu'un par un, tous se soient levés dans une ovation triomphale. On hurlait : Bravo ! Vive l'amour ! Vive les amoureux ! Encore ! Encore ! Puis, subtilement, dans un coin de la salle, un message avait été lancé, se répandant à travers l'auditoire comme une vague sonore jusqu'à ce que tous soient en train de scander : On veut la suite ! On veut la suite !

Christophe, un incontrôlable sourire aux lèvres, tentait d'apaiser les cris en baissant ses bras vers le sol, tel un chef d'orchestre un peu rustre. Peu à peu, les cris s'étaient estompés. Christophe avait repris la parole :

— Je ne peux pas vous dire la suite parce qu'elle n'existe pas encore. J'ai perdu la trace de Kaï, c'est pour cela que j'ai organisé ce faux concert, pour trouver quelqu'un qui puisse me dire comment la retrouver. Je l'aime, j'irai n'importe où pour la revoir. Y a-t-il quelqu'un parmi vous qui sachiez où elle est, comment la rejoindre ?

Un jeune homme, assis au premier rang, s'était levé.

— Moi, je la connais Kaï.

Il s'était avancé vers Christophe en s'essuyant les yeux.

« C'est capotant ton histoire, *man*, tu m'as fait pleurer ! Tu sais bien raconter, pis c'est beau ce que tu dis. Kaï et moi, on a été au cégep ensemble. C'est une fille super, je comprends que tu sois aussi accroché ! Je pense qu'elle est en Europe cette année. »

Une voix féminine avait renchéri :

— À Vienne, elle étudie en musique.

Une autre voix avait ajouté :

— Ouais, elle est partie à l'automne dernier…

— Elle étudie avec des grands maîtres…

— Est-ce que tu vas aller jusqu'en Europe pour la retrouver ?

Christophe avait acquiescé.

— Oui, je vais y aller. Coûte que coûte.

Et la salle tout entière s'était remise à applaudir.

Le jeune homme qui venait de se lever avait sauté sur la scène et s'était adressé à la foule.

— Messieurs et Mesdames, je sais qu'on était venus ici pour voir un spectacle d'Alizé et qu'on est tous un peu déçus. Cependant, certains gestes que posent les gens sont d'une beauté trop touchante. Ce que notre ami vient juste de nous raconter est absolument incroyable. Au nom de l'amour, de la folie et de la jeunesse, je propose que chacun d'entre nous donne un petit montant, ce que pouvez, pour aider notre Roméo à aller retrouver sa Juliette.

Encore une fois, une grande acclamation s'éleva.

Et chaque membre de l'auditoire s'était levé et avait déposé aux pieds de Christophe, qui des billets d'un, deux, cinq, dix et même vingt dollars.

— Merci, merci. Au nom de notre ami le prétendant de Kaï, je vous remercie ! Et maintenant, il doit bien y avoir quelqu'un dans la salle ici qui pourrait lui donner l'adresse de Kaï à Vienne?

— La fille assise juste là, c'est sa sœur, Seylin. Demandez-y, elle devrait être capable de vous aider.

Seylin s'était approchée de Christophe et du jeune homme qui s'était adressé à l'auditoire pendant qu'une foule en complète ébullition sortait de l'auditorium. On entendait les commentaires fuser de partout :

— C'était tout un spectacle qu'on a vu là!

— Quelle belle soirée, on n'a pas vu Alizé, mais c'était quand même très bien!

— Tu penses que c'était vrai tout ça? Il paraît que les étudiants du club d'improvisation du campus font toutes sortes de présentations impromptues comme ça…

— Surtout avec l'autre jeune qui est allé sur la scène à la fin pour réclamer de l'argent, ils doivent faire partie de la même troupe…

— Je sais pas si c'était vrai tout ça, mais en tout cas, c'était un beau spectacle!

— Un très beau spectacle!

Christophe, un peu éberlué, avait reçu du jeune homme les fonds accumulés à la suite de son appel.

— C'était pas du tout mon intention de mendier ici ce soir. Je veux juste retrouver Kaï.

— C'est correct mon grand, il faut accepter quand la vie nous fait des cadeaux. Bonne chance et bon voyage. Dis bonjour à Kaï de ma part, Pierre-Jean, quand tu la verras.

Le jeune homme lui avait donné une petite accolade fraternelle avant de s'éloigner.

La salle avait mijoté si fort dans le bouillon des émotions de Christophe et de son public admirateur que le calme qui régnait ensuite avait une qualité presque surréaliste. Ne restaient dans la salle que Richard, qui se tenait un peu en retrait, et Seylin, la sœur de Kaï. Christophe se sentait infiniment petit et humble. Qu'allait lui dire cette femme énergétique qui l'avait apostrophé avec véhémence au début de la soirée ?

Elle le regardait sans aucune expression, le jaugeant des pieds à la tête.

— Comment t'appelles-tu ?

— Christophe.

Son visage s'était transformé.

— Christophe ? Oh, mais c'est super ça ! Kaï m'a beaucoup parlé de toi. Quand je suis arrivée, j'étais pas de bonne humeur parce que le gars qui jouait avec elle dans Alizé, ben il s'est tiré en Amérique du Sud avec une bonne partie de l'argent qu'ils ont fait pendant leur tournée cet été. Je me demandais quelle sorte de mascarade on allait présenter ici ce soir au nom d'Alizé. Mais si tu es Christophe, c'est une tout autre histoire. Ma sœur n'est pas une grande romantique, mais je sais qu'un plaidoyer comme celui que tu nous as présenté ce soir l'aurait attendrie et l'aurait fait rire. »

Kaï a un petit sourire amusé. Je me demande si je devrais oser en mettre un peu plus. Est-ce qu'elle va continuer à m'écouter si je commence à trop fabuler… Oh, et puis tant pis, je m'essaye :

« En fait, je dis que Kaï n'est pas romantique, mais je dois avouer que depuis cet été, elle ne peut pas arrêter de penser à toi. Dans toutes ses lettres, elle écrit d'innombrables paragraphes au sujet du grand Christophe qu'elle a rencontré au bord de la mer. Si beau, si doux, si profond. »

J'attends, j'attends le coup de coude qui va me rappeler à l'ordre. Mais non, Kaï m'écoute toujours.

« Elle t'aime Christophe, elle t'aime énormément. Et elle sait que tu l'aimes aussi. Elle sait que ton amour est beau, simple et fidèle. Elle sait que tu serais prêt à faire n'importe quoi pour elle et qu'elle peut toujours compter sur toi. »

Ça y est, je me prépare. La sultane va sûrement me demander de changer le cours de mon histoire rocambolesque, de quitter mon monde chevaleresque et de revenir à un récit moins arrosé à l'eau de rose, purement divertissant. Mais non. Aucune réaction, juste son regard, fixé sur moi. Je cesse de parler. Je la regarde aussi droit dans les yeux. Pause. Contact pur, complet. Je vois grandir entre nous ce magnétisme tangible qui lie les humains dans les moments privilégiés. Lorsque leurs âmes se rencontrent, lorsqu'ils sont si près que leurs cœurs, leurs corps à un niveau cellulaire sont indivisibles, sont la même entité vivante.

Son cœur sourit.

Le temps s'arrête. Elle respire et je respire, nous respirons du même poumon. La vie est pleine, splendide, incroyable. Elle et moi, assis sur le divan dans un moment d'une harmonie limpide. Le monde pourrait s'arrêter maintenant. Les réponses à toutes les grandes questions de la vie sont là, dans ce souffle que nous partageons. Notre histoire pourrait finir sur ces mots, sur ce moment. On flotte, on est, on respire. La paix. Sa main s'approche de la mienne et la mienne se fond dans la sienne comme si elle avait bougé vers un miroir. Nous sommes le reflet l'un de l'autre. Notre toucher n'est pas humain, il est angélique. Le temps s'étire, se prélasse langoureusement sur nos genoux rapprochés.

Puis, au loin une sirène, puis une autre et encore une autre, comme si toutes les ambulances, les camions de pompier et les autos de police de la ville se dirigeaient vers un grand rassemblement macabre. La ville. La même maudite ville qui abrite les violeurs de Kaï nous interrompt. Nous avions trouvé un équilibre délicat, nous avions commencé à panser la blessure de Kaï, à la couvrir du baume de notre amour. Mais la ville nous ressert de son agressivité, de ses bruits qui transpirent de douleur. Et le moment est terminé. Je vois dans le regard de Kaï que pour elle aussi, les évènements de la soirée sont redevenus des spectres mauvais et qu'ils ont repris leurs places dans notre salon.

Je lui fais un petit sourire.

— Je continue?

Elle tente de me sourire comme pour me dire que ce n'est pas ma faute, mais qu'elle se sent misérable. Le bruit des sirènes commence à s'estomper.

— Oui, s'il te plaît, continue.

Je tente de me ragaillardir, je prétends que je ne vais pas me laisser démonter. Je vais reprendre mon histoire et continuer d'apaiser ma belle. Je lui souris. Elle me laisse entourer ses épaules de mon bras, laisse mon épaule recevoir le poids de sa tête et la douceur de ses cheveux et elle me fait un sourire brisé que je tente de lui rendre. Mais je sais que tous les deux, on fait un gros effort pour se faire accroire qu'on va être capable de se laisser distraire encore une fois par mes élucubrations. La magie de mon histoire est morte, je vais reprendre le fil, même si ni l'un ni l'autre nous ne sommes prêts à le reconnaître. Nous sommes tous les deux conscients que c'est peine perdue, quelque chose a chaviré et nous sommes de nouveau face au désastre de la soirée, mais la douleur est plus pernicieuse et beaucoup moins encline à se laisser apprivoiser. De peine et de misère, je reprends le fil :

« Christophe avait pris l'adresse de Kaï. Il avait acheté un billet d'avion pour Vienne et avait donné le surplus de l'argent au fonds de secours pour les rescapés de Tchernobyl. Il ne lui restait plus qu'à attendre avec impatience le jour de son départ. L'avion. »

Je ne sais plus quoi dire, je ne sais plus ce que je peux dire. Tout est aplati comme un soufflé raté qu'on aimerait mieux laisser brûler.

« Le voyage en avion se déroulait bien, la traversée de l'Atlantique l'impressionnait toujours. La majesté de l'eau infinie avait toujours le don de l'apaiser. Il se sentait presque prêt à s'endormir, mais pas tout à fait, bercé par l'intemporalité qu'on ressent en haute altitude. »

Je ne sais plus si je peux la retrouver, littéralement et aussi dans mon histoire. J'ai besoin de recul. Je ne peux pas continuer et raconter la fulgurante rencontre entre Kaï et Christophe. Pas maintenant. Je méandre. L'avion ? On s'en fout de l'avion, du vol et de son intemporalité. On s'en fout de tout. C'est la nuit la plus longue et la plus insoutenable. C'est le néant, le vide, le vacuum. Le désert. Le désert. Je voulais lui parler du désert. Pourquoi ne pas l'amener au désert ?

« Puis tout à coup, on avait été secoués de grosses turbulences. Le pilote avait déclaré que l'avion avait dévié de son cours et qu'on allait devoir procéder à un atterrissage forcé au cœur du Sahara. »

Kaï me regarde d'un air sceptique.

— Le Sahara est beaucoup plus au sud que l'Europe, ça n'a pas de bon sens ce que tu racontes…

— C'est une histoire, Kaï, ce n'est pas la réalité. Je poursuis ?

Elle acquiesce. Je m'acquitte.

« Heureusement, tous les passagers étaient sains et saufs. Et l'avion contenait une grande provision de nourriture et d'eau. Assez pour approvisionner tout le monde pendant au moins deux semaines. »

Elle me regarde. Encore son air arrogant et perplexe.

« Seulement, il y avait un problème. Le système radio ne fonctionnait plus, le radar non plus, il n'y avait aucun moyen de communiquer avec le monde extérieur. Tout ce qu'on avait, c'était une carte et une boussole. On était en 1986, pas de GPS, pas de téléphones cellulaires. D'après les coordonnées enregistrées avant l'accident, on avait une idée assez claire de l'endroit où l'on se trouvait. On allait devoir marcher pendant cinq ou six jours pour arriver au village le plus proche. Après avoir rassuré les passagers, le pilote et l'équipage avaient commencé à discuter pour voir qui allait être désigné pour aller chercher du secours. Christophe les avait entendus parler et s'était approché d'eux. Il leur expliqua que deux ans auparavant, il avait fait un voyage dans le Sechura et qu'il connaissait très bien l'orientation dans le désert. On délibéra et on finit par décider que le meilleur candidat possible pour aller chercher de l'aide, c'était… »

— Christophe ! Je…

Je l'interromps et continue.

« Oui, c'était Christophe. Et il devait y aller seul… »

— Christophe, non, mais là tu exagères ! Seul, ça tient pas debout ! Non, quand même…

— Non, Christophe doit y aller seul et c'est tout ! C'est sa quête. Il est l'archétype du héros amoureux qui doit passer au travers de plusieurs épreuves avant de pouvoir retrouver sa belle.

— Comme transition, l'avion qui se plante, tu dois avouer que c'est plutôt moche…

Je n'aime pas son ton de voix. Elle fait l'artiste, la diva établie qui peut se permettre de critiquer tout le monde… J'ai le goût de lui dire qu'elle est musicienne, pas romancière. Je me retiens et réplique en tentant de dissimuler ma contrariété.

— Tu me laisses continuer oui ou non ?

Elle me regarde d'un de ses regards exaspérés, mais fait oui de la tête.

La nuit est longue, plus longue et éreintante que la marche dans le désert que je m'apprête à raconter. Et on dirait qu'on vient tous les deux de se faire piquer par des scorpions au venin qui rend irascible. Je ne crois plus pouvoir la divertir. Elle m'exaspère et je me sens devenir plus sec que le Sahara. Je mets un peu plus d'emphase que nécessaire pour masquer mon intonation qui se veut monotone.

« Christophe s'était mis en route. Le soleil était à son zénith. Quand on marche dans le désert, on devient un peu comme un insecte, nos pieds nous dictant la vitesse de croisière que notre corps peut se permettre selon la surface sur laquelle on s'avance. Ce sont nos pieds qui nous disent la profondeur du sable. C'est pourquoi, d'une certaine façon, il serait facile d'être aveugle dans le désert et de tout discerner juste par le contact avec le sol.

Christophe avançait, devant lui s'esquissait le début d'une dune. Les dunes ne sont pas faciles à conquérir, car peu importe leur hauteur, elles ont toutes la consistance du sable mouvant. Elles nous forcent à doubler nos enjambées, deux pas en avant, un pas en arrière. Et elles laissent dans nos souliers une fine couche de poudre sablonneuse qui, s'accumulant dans nos chaussettes, commence lentement, mais rigoureusement un travail de frottement et d'inflammation qui rend la marche encore plus douloureuse.

Mais Christophe, qui connaissait tout ça, ne s'en faisait pas. Il pensait. L'attrait du désert, c'est qu'il nous permet de faire le vide. De se retrouver face à soi-même, sans distraction. Christophe pensait à Kaï, à leurs retrouvailles. Il l'aimait. Il voulait la revoir, mais cet incroyable accident… »

— Tu veux dire cet accident non crédible…

C'est idiot, mais mon ego est terrassé par son commentaire. Par son ton détaché. Mes réserves de patience sont épuisées. On dirait que ça fait plus que mille et une nuits que je raconte. J'ai surpassé Schéhérazade. Je m'apprête à l'engueuler sérieusement comme si je me foutais de ce qui lui est arrivé, mais heureusement elle est plus rapide que moi :

« Christophe, ça ne marche plus. J'ai besoin d'autre chose. Le désert, c'est trop grand, trop triste, trop dangereux. »

Je dois m'arrêter pour bien réfléchir à ce qu'elle vient de me dire. Ce n'est pas de l'arrogance, elle n'est que trop vulnérable. Elle est redevenue Kaï, ma douce, mon amour. Finie l'exaspération, mon cœur fait un brusque arrêt et un demi-tour accéléré. Je pleure presque.

— Kaï, je ne sais plus ce que je raconte. Il est trop tard. Quand j'ai pensé au désert, j'imaginais la poésie des dunes, les belles courbes de sable doré qui sont si gracieuses, qu'on dirait de la peau, de grands corps chauds lovés confortablement à même le sol. Je voulais te dire la grandeur de l'horizon, comment quand on traverse le désert, on se sent comme si on marchait sur la mer…

La nuit s'étire. Le désespoir grandit. J'ai échoué. Je n'ai plus rien à lui raconter. Je n'ai plus que le silence à lui offrir. Elle regarde droit devant elle. Mon idée de lui servir le désert s'est transformée en une offrande maléfique. En voulant parler de grandes étendues vides et sèches, j'ai tout tué, anéanti. J'aurais dû continuer sur le même ton romantique. Christophe arrive à Vienne. Sa bien-aimée l'attend. Ils courent l'un vers l'autre et s'embrassent dans la lueur du soleil. Mais je n'y arrive pas, je ne pourrais même pas raconter la vraie version de notre histoire, celle où l'on s'est retrouvés un après-midi torride dans un petit café viennois.

— Kaï. Je ne sais plus quoi inventer.

Elle ne répond pas. Nous restons côte à côte. Sans bruit, sans mouvement.

« Je voulais tellement t'offrir une fin triomphale, dorée, belle et brillante. J'aurais voulu te dire combien notre rencontre a illuminé ma vie. Mais je n'y arrive plus. »

Je l'implore du regard. Je ne sais pas ce que j'attends d'elle. Ce qu'elle pourrait dire qui détruirait ce sentiment d'impuissance et d'échec que je ressens.

Son silence s'étire.

« Kaï, je voulais tellement te retrouver. »

Elle demeure muette, perdue je ne sais où et je ne crois pas pouvoir rallier toutes les équipes de recherche et de sauvetage qui pourraient la ramener au bercail saine et sauve. C'est pire que d'être égaré dans le désert sans boussole. Nous sommes tous les deux dans un état de perdition profond. Sans coordonnées, sans espoir, sans lendemain. Je ne me souviens même plus de tout ce que j'ai raconté pendant toute cette nuit maudite. Shéhérazade est morte, son corps replié sur lui-même et abandonné au bord d'une ruelle mal famée.

Kaï se tourne vers moi. Très lentement, comme une girouette rouillée qui lutte contre le vent. Elle me regarde et, bien que je ne puisse y croire, je perçois dans son regard une lueur de ce désir entêté que je connais trop bien. Une convoitise forcée, mesurée, préméditée. Ce regard, elle me l'a offert trop souvent. Pendant toutes les années où nos corps refusaient de nous donner l'enfant que nous désirions tous les deux si ardemment. Dix années d'attente, dix années d'essai, de rendez-vous à la clinique de fertilité, de prise de température basale, de course au trésor à la recherche de ses ovulations fuyantes. Dix années de sexe, de sexe répété, calculé, analysé, répété encore, encore et encore où je me sentais comme une machine à sperme. Et au terme de cinq de ces dix années, une grossesse inattendue qui, avant de devenir fausse-couche, avant son aboutissement macabre, nous avait remplis d'une joie si pure, si touchante qu'on avait eu, pendant six mois, l'impression de vivre une vie privilégiée, digne des dieux les plus puissants. Dix années d'agonie jusqu'à ce que le petit miracle appelé Shaya nous tombe du ciel. Au tournant du millénaire. Comme si de rien n'était, juste gentiment. Sans anicroche. Une grossesse modèle, sans interruption sinistre.

Et maintenant, sur le canapé de notre salon, ce même regard. Mais je la connais trop bien pour ne pas percevoir toutes les subtilités, toutes les nuances qui se terrent dans le regard de Kaï. Je vois la honte, je vois la rébellion, je vois la force, je vois l'implacabilité. Je vois que je n'ai pas vraiment le choix, que je dois m'exécuter même si je vois aussi que cette invitation est une bravade faussement exagérée, imbibée de la peur immesurée qui habite Kaï en ce moment. Je vois aussi la rage. La rage folle qui pourrait la conduire à faire des gestes violents, dangereux même si je la sais être normalement d'une douceur et d'une gentillesse profonde, et que je connais son engagement absolu à l'égard de la non-violence. Et je vois l'impuissance. La sienne, la mienne. Et je me sens envahi d'un énorme sentiment de gêne. Je me sens devenir timide et mal à l'aise comme un adolescent qui n'a jamais embrassé.

Hébété et maladroit, je ne peux que répéter :

— Kaï, je veux seulement te retrouver.

Son regard me transperce. L'intensité que je lis dans ses yeux est presque malsaine. C'est d'une voix rauque et basse, totalement étrangère à elle-même qu'elle me répond :

— Christophe, tu m'as retrouvée.

Ce ton, c'est presque burlesque. Un croisement entre la femme fatale et le fond de gorge d'une fumeuse après une nuit blanche et deux cartons de mégots empilés dans un gigantesque cendrier. J'ai presque le fou rire, mais le regard qui s'abaisse sur moi avec le sérieux et la dureté d'une trappe de métal m'arrête tout net. L'humour n'a pas de place entre elle et moi ce soir. C'est comme si une pancarte de signalisation déclarait : *Humour en réparation pour une période indéterminée, aucune déviation disponible, veuillez patienter.*

Et Kaï qui me regarde, qui insiste. Il n'y a pas d'issue possible. Elle veut que je l'aide, non plus avec mes mots, mais avec mon corps. Mon grand corps d'homme. Je la regarde en retour. Je cherche un lien, un ancrage. Une façon de rationaliser, ou même de savoir intuitivement comment arriver à la toucher, à me sentir le bienvenu au creux de son corps meurtri. L'amour physique entre deux partenaires de longue date a toute une série de codes, de signaux qui sont si naturels et innés qu'on n'y pense même pas consciemment. On se laisse emporter par le courant du désir pour arriver aisément à l'union douce, folle ou passionnée, selon l'humeur et la disponibilité, surtout lorsqu'on vit avec un petit enfant aux besoins sporadiques qui risque de vous interrompre à tout moment. Ce code, je ne le connais plus, il a été éradiqué par les salauds qui ont violé mon amour. C'est comme si un énorme séisme avait bouleversé le terrain de nos rencontres et avait créé une fissure si grande entre nous qu'on se retrouve maintenant de chaque côté d'un abysse sans fond qu'il m'est impossible de traverser pour aller rejoindre ma douce. Je suis seul et même ma voix ne peut porter jusqu'à elle. Je ne sais plus comment aimer. Je ne sais plus comment faire l'amour. Mon corps est devenu muet. Mon âme impuissante.

Kaï voit bien que je suis perdu et elle me tend la main. Elle prend mes doigts entre les siens et de son autre main effleure doucement la peau sensible du contour de chacun de mes ongles. Un exercice d'échauffement pour les pianistes afin de rendre les doigts plus alertes, le doigté plus réceptif et sensible. Shaya et elle jouent souvent à se « chatouiller les doigts » ainsi. Shaya se ferme les yeux et tortille son petit corps de plaisir tout en décrivant : « Mon pouce rit. Mon index rit aussi. Oh, il rit très fort. Et mon majeur… » Et elle énumère ainsi tous les doigts de la main qu'elle a appris grâce à ce petit jeu. Quand on a une mère pianiste, on connaît très bien les doigts de la main, même à trois ans… À mon tour, je ferme les yeux. Je pense à ma fille, à mon amour. Je laisse la sensation de doux frissonnement qui habite mes doigts prendre possession de mon corps tout entier. Et sans même m'en rendre compte, je commence à sourire. Je garde les yeux fermés pendant que Kaï me parle.

— Tu me connais, Christophe. C'est déjà assez que mon corps ait été envahi. Je ne veux pas me sentir comme s'il ne m'appartenait plus. Je veux te sentir au plus profond de moi parce que je le choisis. Tu le sais, c'était la même chose après l'accouchement de Sal. Tu te souviens ?

Les yeux toujours fermés, je hoche la tête. Bien sûr que je me souviens. Une journée de grande pluie. La panique au réveil, alors que Kaï, terrorisée, m'avait annoncé que le bébé ne bougeait plus. Puis, mon hésitation à la croire. Mes mots de réconfort et de calme. Et le constat soudain qu'elle savait quelque chose que je ne pouvais savoir, suivi d'une course folle en taxi jusqu'à l'hôpital. Et Kaï qui pleurait et puis qui s'arrêtait tout d'un coup. « Si je pleure, est-ce que je compromets la vie du bébé encore plus ? » Ce petit chérubin qu'on avait tellement voulu, rêvé, imaginé. Les rues remplies d'eau, les passants éclaboussés qui nous jetaient des regards noirs. L'attente dans la salle d'urgence et moi qui voulais secouer tout le personnel. MON ENFANT ! MON ENFANT EST EN DANGER !

Puis le médecin, très calme, trop calme, le stéthoscope pendant autour du cou et qui pose toutes sortes de questions idiotes. Et moi qui me retiens de lui mettre de force ses écouteurs dans les oreilles pour qu'il cherche à entendre les battements de cœur de notre bébé. Puis finalement, la salle d'échographie et la sentence : votre bébé est mort.

Et puis rien. On nous avait renvoyés chez nous. Rien. Pas de provocation d'accouchement. Pas de soutien médical. Rien. Juste une attente. L'accouchement serait plus facile pour Kaï s'il se déclenchait de lui-même. Et ça pourrait prendre des semaines avant que cela n'arrive. Kaï qui pleurait sans arrêt. Et moi qui ne savais quoi faire. Puis soudainement, miraculeusement, en après-midi, les contractions avaient commencé. Et de nouveau nous nous étions retrouvés dans le taxi, à l'hôpital. Les infirmières avaient tenté de nous faire retourner à la maison parce qu'elles ne croyaient pas qu'il soit possible que Kaï soit déjà en train d'accoucher. Six heures plus tard, Sal était née. Une toute petite fille complète, parfaite. Mais inerte. Pourquoi était-elle morte ? Aucune explication. Ça arrive parfois… Nous l'avons tenue dans nos bras pendant une heure. Seylin est venue la voir. J'avais l'impression d'être déménagé dans une galaxie bizarre où les enfants ne bougent pas. Nous avons aimé ce petit bout de fille avec tellement de force pendant cette heure. Une toute petite heure, c'était là tout ce qu'on nous accordait de sa présence. Puis on nous l'avait délicatement retirée. Et Kaï. Sa détresse. Son stoïcisme. Et le médecin qui nous avait donné ses instructions avant de nous renvoyer à la maison au petit matin : prendre la température de Kaï régulièrement et se procurer des médicaments pour empêcher la montée de lait. Et… aucune relation sexuelle pendant au moins deux semaines pour prévenir les infections.

Exténués, nous nous étions couchés dès notre arrivée à la maison. Je m'étais presque endormi, mais Kaï, elle, était restée les yeux grands ouverts, incapable de se reposer. Elle m'avait pris la main et l'avait guidée le long des courbes de son corps en invitation à l'amour. Étonné, je m'étais accoudé à ses côtés. « Kaï, le médecin, il a dit qu'il y avait des risques d'infection… » Elle m'avait gentiment fait rouler sur le dos, et avec beaucoup de lenteur, elle avait étendu son corps sur le mien. « Il peut dire ce qu'il veut, mais je ne peux supporter le vide que je sens en moi… » Nous nous étions étreints très lentement. Je pouvais voir dans son regard que c'était presque douloureux. Je n'osais pas bouger, la laissant complètement prendre le contrôle. Elle m'avait précautionneusement fait glisser à l'intérieur d'elle. Puis elle m'avait regardé et avait poussé un long soupir de satisfaction. « C'est tout ce que je voulais, que tu sois avec moi, au creux de notre perte. » Nous avions pleuré tous les deux, sans bruit. Ses larmes coulaient sur mon torse nu. Finalement, elle s'était endormie. Son poids devenant de plus en plus lourd contre ma poitrine. Et moi, comme mon chat qui n'avait pas osé bouger, j'avais dormi d'un sommeil oppressé, rempli de rêves de cavernes et de noirceur.

Et maintenant dans notre salon flétri, en cette nuit douloureuse, nous nous apprêtons à répéter le même scénario : une Kaï blessée qui se tourne vers moi et qui commence lentement à déboutonner ma chemise. Je me sens au bord d'un énorme précipice. J'ai le vertige, un vertige qui donne la nausée. Je ne sais pas si physiquement je serai capable de m'engager dans un rapport sexuel. Je ne pourrais être excité ce soir et je n'en aurais aucune honte. Je ne peux pas, pour l'instant, ne pas me sentir comme l'envahisseur, comme étant en partie l'auteur du crime commis contre Kaï. Je sais que ça n'a rien à voir avec moi, mais mon corps ne peut se dissocier du fait que je suis mâle et que les agresseurs de Kaï l'étaient aussi. En termes plus directs, plus crus, je ne peux pas bander ce soir. Tout est trop à vif.

Kaï arrête de me toucher et me fixe d'un œil interrogateur.

— Ça ne va pas ?

Sa question me choque. Comment est-ce que ça pourrait aller? Est-ce que tout devrait être parfait et magnifique? Nous ne sommes pas en vacances au bord de la mer avec le bruit des vagues et le souffle du vent chaud. Nous sommes dans une ville funeste, peuplée d'hommes barbares qui ont violé ma conjointe. Mon ton est un peu trop brusque :

— Non, ça ne va pas…

Je la vois qui se recule dans sa coquille. J'ai peur, j'ai froid. Elle s'éloigne. Je ne veux pas la perdre, mais cette idée absurde de faire l'amour dans un moment pareil me désarçonne. Me répugne. Comme si elle avait lu mes pensées, elle réplique :

— Je te répugne? C'est ça le problème?

Je tente de la prendre contre moi.

— Non, Kaï, tu ne me répugnes pas du tout. C'est trop bizarre cette idée de…

Elle ne m'écoute pas. Elle continue :

— Parce que j'ai ce qu'il faut pour te protéger si tu as peur des maladies. La docteure m'a donné une provision de condoms, juste en cas. Parce que, elle, elle sait que les femmes qui ont été violées ont parfois besoin de faire l'amour après, pour se retrouver.

Tout en parlant, elle sort de la poche de son pyjama un petit paquet carré en plastique. Elle s'empresse de l'ouvrir et d'étirer le condom devant mon visage. Menaçant presque de me le faire rebondir sur la figure.

Je suis sidéré. C'est comme si je recevais plusieurs claques dans la face en même temps. Elle ne m'a jamais traité de cette façon. Elle ne m'a jamais agressé de cette façon-là. Et je suis aussi stupéfait de me rendre compte qu'elle a mis ce condom dans sa poche lorsqu'elle s'est changée, qu'elle a prévu faire l'amour avec moi ce soir.

Je me sens utilisé, le raconteur d'abord et ensuite le distributeur de faveurs sexuelles. Le forfait Shéhérazade au grand complet. Et en plus, je remarque, et c'est sans doute le plus troublant, que nous sommes tous les deux sur des longueurs d'onde fondamentalement divergentes. Pire même, que la communication entre nous deux est inexistante, encore plus impossible que si les lignes radios avaient été brûlées, enterrées, inondées. Comme après une combinaison diabolique de raz de marée, de tremblement de terre et d'éruption volcanique.

Je sens une grande confusion et dans la confusion j'entends une petite voix qui me dit d'être adulte, de prendre sur moi, que Kaï est trop perdue. Que je dois prendre la situation en main. Redevenir la roche où elle peut s'agripper pour ne pas se noyer. Je me répète encore et encore que ce n'est qu'un soir et que je peux, que je dois négliger ma propre sensibilité, que je dois m'effacer complètement et la servir. La protéger d'elle-même, de moi, de cette soirée maudite.

Pour le meilleur et pour le pire, je dois continuer.

Kaï tient encore le condom qui pend entre ses doigts. Débandé, inutilisable.

— Christophe, je ne sais plus ce que je dis, ce que je fais. Je comprends que je te dégoûte. Je me dégoûte aussi. Je ne sais même pas si je pourrais faire avec moi-même ce que je te demande de faire avec moi.

Je la regarde dans les yeux.

— Kaï, je m'en fous des maladies, de mourir. Tu ne me dégoûtes pas, je t'aime. Plus que tout. Si tu veux faire l'amour avec moi parce que t'en as besoin, ça va. Je suis avec toi, mais j'en veux même pas de ce maudit condom…

Deux grosses larmes gonflent au coin de ses yeux. Les larmes se transforment en sanglots, les sanglots en cris de désespoir. Ses soubresauts sont si violents que je dois la serrer contre mon cœur pour l'empêcher de heurter le mur. Pour moi, c'est un grand soulagement. J'étreins mon amour. C'est ce que je désire plus que tout depuis le début de cet enfer maudit que nous vivons depuis son retour à la maison ce soir, il y a une éternité.

Dans le bouleversement, dans le chaos qui règne dans le temps d'après, on ressent une énorme nostalgie pour la simplicité de la vie qu'on menait dans le temps d'avant. Une grande fatigue aussi. Une lassitude qui accentue la tristesse. Il y a un grand vide. Qui fait mal. Qui rend tout sinistre. Comme si la vie était devenue une substance caustique qui nous entoure, nous étouffe et nous endommage l'âme.

Kaï pleure. Je l'enlace. Et je pleure avec elle. Combien de larmes avons-nous versées ce soir ? Combien allons-nous continuer d'en verser dans le futur ?

Je ressens une colère sourde et réprimée. Je ne pleure plus. La rage recommence à bouillonner dans mon cœur. Encore une fois, je voudrais gueuler, tempêter contre le monde entier. Comment est-ce qu'un groupe d'humains, d'humains mâles, a pu penser à commettre de tels actes contre Kaï ce soir ? Comment est-ce qu'une société peut créer des hommes qui non seulement sont capables de penser que le viol est possible, mais qui plus est, décident de faire un tel geste ? Comment peut-on ressentir l'envie d'astreindre un autre être humain à avoir des rapports sexuels ? Comment la violence peut-elle être au cœur du sexe ?

J'aime l'amour, j'aime le sexe. J'aime les femmes. J'aime leur force, leurs rondeurs, la douceur et la fermeté de leur sexe lorsque je m'insère au creux de leur corps. Mais jamais je ne pourrais m'imaginer que la violence puisse être associée à cet acte. La passion oui, la fougue, la force, le plaisir oui. L'impétuosité, la légèreté et le sérieux oui. Mais pas la violence. C'est complètement à l'opposé, aux antipodes de ce que représente le sexe pour moi. Le sexe est une rencontre, une ouverture vers l'autre. Un apprivoisement intime. L'agressivité n'y a pas sa place, absolument pas. Si elle était présente, la violence anéantirait l'objet même de l'acte. Ce serait comme de brûler une maison avant d'y emménager.

Inutile, absurde et criminel.

Kaï grimpe sur mes genoux et étreint mes cuisses entre les siennes. Ma colère commence à fondre. La nuit si longue me rend malléable, incertain et indécis. Je suis comme un ballon de basketball laissé à la merci des joueurs. Je ne sais plus où je vais, qui je suis, ce que je pense ou ce que je sens. Juste un ballon qui rebondit au gré de la joute, dans une ivresse un peu idiote. Je dérape et mon jugement commence à m'échapper. Dans cet état un peu second, ma colère fait place à une admiration lumineuse pour Kaï. La femme que j'aime est d'une détermination sans bornes. Et souvent, ça me rend fou. Mais ce soir, je sens la force, le pouvoir qui l'habite. Elle a décidé qu'elle allait reprendre possession de son corps. Elle choisit de s'unir à moi parce qu'elle le veut, parce qu'elle sait que ça va l'aider. Et à mon grand étonnement, je sens mon corps qui répond à sa demande.

La nuit se réchauffe. La peau de Kaï contre ma peau. Je croyais pouvoir m'unir à elle, mais même si mon corps l'accompagne, mon esprit est resté piégé quelque part sur l'horrible sentier qu'on a parcouru à tâtons pendant toute la nuit. Je suis une bête sauvage entravée, battue, les jambes déchirées, coincées dans un collet géant et je ne peux pas suivre mon amour. Je suis perdu. Je ne peux arrêter de penser à ce qui lui est arrivé, à ce qu'on lui a fait. Je me sens comme si j'étais devant une grande malade, devant une mourante. Et je ne sais plus comment la toucher. Mais mon corps le sait. Mon corps répond de façon automatique. Elle me touche, je la touche ; elle m'embrasse, je l'embrasse ; elle va de l'avant, j'avance aussi ; elle recule, je la suis. Mais mon cœur, mon âme n'y sont pas. Je la regarde et je ne suis pas certain qu'elle soit entièrement là elle-même. Nous tentons de faire un geste d'amour qui repose complètement sur notre foi. Notre foi en nous-mêmes et envers l'autre. Nous vivons dans le souvenir, le fantôme de ce qui a existé entre nous. Mais nous ne sommes pas pleinement présents. Ou du moins je sais que je ne le suis pas.

Ses yeux sont voilés, mais ses hanches, ses jambes et ses mains sont empreintes d'une détermination qui me fait presque mal. Comme un prestidigitateur sortant un gros lapin blanc de son haut-de-forme, elle me présente un condom. Un autre ? Combien en a-t-elle reçu de son médecin ? Quel objet incongru ! Ça fait des années, une éternité que nous n'avons pas utilisé de condoms, objets bien inutiles pour un couple en manque de fertilité. Même depuis la naissance de Shaya, on n'utilise pas de moyen de contraception. Et dernièrement quand Shaya nous dit vouloir un petit frère ou une petite sœur, il y a un silence gêné entre nous. Depuis qu'on a eu le grand bonheur d'avoir Shaya, on n'a pas parlé, Kaï et moi, d'avoir d'autres enfants. Est-ce pour duper les dieux et nous accorder une autre grossesse sans complication ? Ou parce que ça fait trop mal et trop peur de penser à recommencer cet horrible tango qu'on a trop longtemps dansé avec le cycle de Kaï. On préfère laisser les choses suivre leur cours, ou du moins c'est ce que moi je pense.

La mise en place du condom s'est effectuée sans anicroche. Je contemple mon sexe comme si c'était un étrange animal qui a sa propre vie indépendante. Qui se réveille, s'étire et se réjouit de l'attention que Kaï lui porte sans se soucier de mon avis. La séparation entre mon corps et mon cœur s'amplifie et devient intolérable, tellement vaste que je sens comme si quelque chose en moi allait se déchirer. J'ai mal. J'ai mal à l'âme, au cœur. Je m'écœure. Je me dégoûte d'être capable d'exécuter, d'entamer une relation sexuelle dans un tel moment. Mais je me dégoûte aussi parce que je suis incapable de simplement être avec Kaï, de l'aimer juste parce que c'est ce dont elle a besoin présentement. La maudite fatigue de cette nuit perpétuelle n'aide en rien.

Kaï est toujours assise sur moi. Alors qu'elle tente de m'insérer au creux de son corps, je sens son sexe fermé et tendu. Elle n'arrive pas à me prendre, à m'accueillir. Ses yeux m'implorent. Elle veut que je l'aide, que je l'excite. Mais je ne le peux pas. Tout ce que je peux faire, c'est de prendre sa tête et de l'enlacer contre mon cœur, tout ce que je peux lui donner, c'est d'embrasser tendrement ses cheveux, sa nuque. Je n'ai à lui offrir que les battements de mon cœur et la chaleur de mon poitrail d'homme.

Je la sens qui se laisse aller, qui se laisse couler dans le réconfort que je tente de lui fournir. Son corps se détend, devient plus lourd contre le mien. Puis comme par un étrange miracle et de façon complètement inattendue, elle me glisse en elle.

Elle relève la tête et me regarde d'un air que je qualifierais presque de triomphant. Comme si elle m'avait conquis. J'en ressens un malaise, mais je sais que son expression veut vraiment dire qu'elle est fière d'avoir réussi à réclamer, à reconquérir son propre corps. Elle me sourit. Je tente de lui sourire en retour, mais je suis trop à l'envers. Mon cœur bat dans mes tempes. Je suis exténué et électrisé en même temps. Je la regarde sans bouger, sans parler, sans sourire.

Elle embrasse mon épaule puis me regarde à nouveau.

— À l'hôpital, on m'a offert…

Sa voix s'enroue, elle s'apprête à tousser et je sais exactement comment son sexe va enserrer le mien avec un peu plus de force avec chaque éclat de toux. Je vois à quel point je possède une connaissance intime de chaque parcelle de son corps et cette découverte me rend tout ému. Je comprends tout d'un coup à quel point ce qu'elle fait est d'une vulnérabilité sans pareille. Je comprends avec mon corps ce que signifie vraiment l'union entre un homme et une femme. Et je l'aime tellement. Mais en même temps je sens la colère remonter le long de mon échine. J'ai les nerfs à fleur de peau.

« On m'a offert… à l'hôpital… de prendre la pilule du lendemain. Pour m'assurer que je ne tombe pas enceinte. »

Je l'écoute, je crois l'écouter attentivement, mais l'écart entre ma conscience et mon corps est si grand que je n'assimile pas tout. C'est comme si elle venait de me dire de mettre les ordures au chemin ou d'acheter du persil. Je ne dis rien, mais dans ma tête je m'entends acquiescer : « On t'a offert la pilule du lendemain, c'est très bien… »

« Je ne veux pas laisser ces bâtards m'empêcher d'avoir un autre enfant. Car j'étais peut-être déjà enceinte. Ça fait déjà trois semaines et quatre jours que j'ai eu mes règles et d'après ma température basale… »

Elle parle de façon agitée, trop vite.

« Si je suis déjà enceinte, et je ne veux pas sacrifier un autre enfant. J'ai déjà trop perdu. Je ne veux pas laisser l'incident de ce soir détruire tous mes espoirs… »

L'incident de ce soir ? C'est en l'entendant prononcer ces mots que je me sens commencer à déraper. Elle continue, mais moi je fais une pause, pour absorber ce qu'elle dit. Température basale. Enceinte. Mais elle ne m'a jamais fait mention de tout cela. Encore une fois, elle m'a exclu de ce qui se passe vraiment dans sa vie. Instinctivement et imperceptiblement, je sens mon corps qui se sépare un peu d'elle. Elle continue de parler, mais je sens dans son corps qu'elle a aussi perçu ce qui est en train de m'arriver, l'infime détachement accusé par mon corps. Sa voix prend un ton de plaidoyer.

« Je ne peux pas perdre un autre enfant ! »

Je la regarde et j'écoute, mais je n'assimile pas complètement ce qu'elle tente de m'expliquer. Elle hausse la voix, est-ce parce qu'elle est impatiente ? Ou parce qu'elle n'est pas tout à fait à l'aise avec ce qu'elle a à me dire ? Moi, de toute façon, je suis dans cet état d'ivresse où je ne comprends pas tout et où chaque interaction me touche avec un retard de quelques minutes.

« Christophe. Si je suis enceinte, je veux cet enfant plus que tout ! »

Je reste coi, mais je me sens vaciller encore plus, m'approcher d'un grand précipice. J'ai le vertige, un vertige extraordinaire qui me coupe le souffle et me défait de tous mes moyens.

Elle hurle presque :

« Je refuse de me défaire de cet enfant. Peu importe qui est le père ! »

Elle regarde, attend ma réaction. La pièce tout entière tourne autour de moi. Je ne peux m'accrocher à elle, je n'ai aucune ressource, personne vers qui me tourner.

« Christophe, j'ai refusé la pilule du lendemain ! Il me faut attendre au moins deux autres semaines pour passer un test de grossesse qui soit valide, et s'il est positif, je garde l'enfant. »

Je demeure muet.

« Tu ne dis rien ? N'essaie pas de me convaincre autrement, je veux cet enfant, un point c'est tout ! »

Elle me secoue les épaules :

« Mais dis quelque chose ! Mais me comprends-tu ? Vas-tu enfin dire quelque chose ? »

Ma réponse me surprend. Du plus profond de moi-même, ma voix jaillit comme un geyser enragé, et je hurle un seul mot qui s'étire pendant plusieurs secondes :

— NOOOOOOOOOOOOOOON !!!!!!!!

Ma voix résonne. Les murs tremblent presque. Kaï est sidérée.

Sans même m'en rendre compte, j'enchaîne rapidement :

« TU vas garder cet enfant ! TU décides de ce qu'on fait, de ce qu'on dit, de ce qu'on raconte, de ce qui va arriver à notre famille tout entière parce que TU es la reine, la plus importante, la seule qui compte ici ! Celle qui a le pouvoir absolu de tout dicter, de tout organiser, de tout changer ! Toi ! Toi ! Toi ! Est-ce qu'on existe nous ? Ta fille, oui c'est juste TA fille et moi, est-ce qu'on vit ici, oui ou non ? Tout est à TOI et ce qu'on en pense, nous les autres qui ne sommes pas TOI, on s'en fout, on s'en fout complètement parce que la reine, la diva, la déesse au pouvoir absolu, suprême, la sultane Kaï qui gouverne tout, en a décidé autrement. Je ne sais même pas ce qui t'est arrivé, exactement ce qui t'est arrivé ce soir, mais je devrais décider si on garde un enfant ou pas ! Un enfant qui n'existe probablement même pas. Si on se fie aux probabilités et aux statistiques du passé, un enfant qui n'existe probablement pas ! À moins que tu n'aies trouvé un géniteur plus fertile que moi ce soir ! »

Kaï s'est levée pendant ma longue tirade et est sortie du salon, ce qui me force à gueuler les dernières phrases aussi fort que je le peux.

Je tremble. Comme un animal traqué après une longue course, un animal blessé qui sent la fin proche. Je ne peux croire que j'ai dit tout ce que j'ai dit. Je ressens un grand vide. C'est sorti si vite. Sans contrôle. Sans censure. J'ai dit des choses que je ne savais même pas avoir jamais pensées. Des choses ignobles, surtout la dernière phrase.

Je m'apprête à me lever pour aller la retrouver, pour tenter de m'excuser, pour tenter de raccommoder la grande déchirure que je viens d'imposer à notre couple. Puis j'entends la porte de l'appartement qui se referme violemment. Quelques secondes plus tard la porte qui donne sur la rue se ferme elle aussi dans un grand claquement et c'est comme si j'avais été frappé en plein cœur. Je m'élance tel un cheval enragé, cours dans le corridor, ouvre la porte et m'engouffre dans l'escalier. Je descends à vive allure perdant presque pied. Un cri strident résonne derrière moi.

— MAMAN !!!!!!

Je me retourne. Shaya en haut des marches hurle et pleure à tue-tête.

Je ne sais que faire. Kaï est dehors dans la nuit, je veux la retrouver. La sauver, la protéger. Je ne peux l'imaginer dans cet état de détresse profond parcourant seule les rues de notre maudite ville si dangereuse. Shaya crie plus fort. Ma fille, mon trésor, je ne peux pas la laisser ici toute seule. Je veux m'arracher le cœur. J'ouvre la porte sur la rue et je hurle moi aussi.

— Kaï, reviens, reviens s'il te plaît!

Mais la nuit est toujours aussi noire et lugubre et je ne vois Kaï nulle part.

Shaya titube en pleurant en haut des marches, j'ai peur qu'elle tombe. Je cours la rejoindre. Je la presse contre mon cœur.

Je nous vois, moi, debout, flambant nu dans les escaliers. Ma toute petite fille qui crie en haut des marches. Je ne me reconnais pas. Je ne nous reconnais pas. Nous sommes devenus des gens que je ne connais pas. Des gens qui hurlent en plein milieu de la nuit, qui claquent les portes, qui s'insultent, qui courent à poil dans l'escalier. Dont les enfants ont le visage couvert de morve et qui hurlent un désespoir si grand qu'on sait qu'ils ont trop vu, trop vécu pour leur jeune âge… Qu'est-ce qui nous est arrivé?

Je porte Shaya dans mes bras comme si elle était un fruit mûr, fragile, un peu meurtri. Et je me dis : «Le viol, c'est ce qui nous est arrivé, on a été violés… On est une famille violée.» Et pour la première fois de la soirée, je réalise qu'on est tous les trois victimes. Chacun à sa façon. Chacun est affecté par ce qui est arrivé à Kaï.

Kaï, où est-elle maintenant? Je passe de la peur de ne jamais la revoir à la colère que j'éprouve envers elle de m'avoir abandonné, ici, prisonnier de la charge de notre petite fille.

Il fait toujours noir. Même si j'ai réussi à enfiler quelques vêtements à la hâte, j'ai froid et j'ai mal, d'un mal si perçant que j'arrive à peine à respirer. Shaya repose contre ma poitrine. Elle a hurlé pendant trop longtemps, incapable de s'arrêter. Et moi qui n'avais rien à lui dire pour la réconforter. Qui ne voulais pas vraiment l'empêcher de crier sa peur, son désarroi, parce que ses cris, c'étaient aussi les miens, ceux que je voulais pousser, mais que je ne pouvais émettre de crainte de rendre sa terreur encore plus grande. J'ai gardé ma petite fille, mon trésor, contre moi jusqu'à ce qu'elle se rendorme. Ma douleur et mon anéantissement sont tellement grands que j'ai peur qu'ils soient transmis à Shaya, par osmose, parce qu'elle repose contre mon cœur blessé, mon cœur qui doit être virulent tant la douleur est violente.

Je ne comprends plus rien. Tout ce que je possédais avant hier soir a été siphonné dans une tornade morbide et a disparu. Mon amour, ma confiance dans la vie, dans les gens, mon désir de continuer, ma force, mes capacités de prendre soin de ma fille, de ma famille. Tout semble avoir été anéanti.

Le souffle de Shaya est en bataille, encore gonflé de gros sanglots qui commencent tout juste à s'apaiser. Je me sens comme un canot de sauvetage à la dérive sur une mer noire et tumultueuse. Au fur et à mesure que ma fille se calme, j'essaie de disséquer les faits qui ont précédé mon éclat de violence verbale.

Je ne sais pas exactement pourquoi j'ai tonné ainsi. Étrangement, le fait que Kaï veuille garder cet hypothétique enfant n'est pas ce qui me dérange le plus. Ce qui m'a rendu furieux, c'est l'idée qu'elle ait pris cette décision sans me consulter. Qu'elle puisse penser à prendre une telle décision seule, sans que je n'aie rien à y dire, sans que j'existe dans son univers rien qu'à elle, c'est ça qui m'a blessé le plus profondément. C'est ça qui m'a fait exploser, comme si cette possibilité avait appuyé sur le détenteur d'une charge de dynamite qui attendait qu'on la fasse détoner. Et la force de ma réaction m'ébranle encore.

Dans le temps d'après, dans la foulée du désastre, les tremblements continuent d'affecter notre monde. Les secousses qui suivent l'épicentre du drame sont moins importantes que le séisme initial, mais elles peuvent parfois atteindre des degrés de dévastation d'une grande gravité. Je suis étendu dans mon lit, ma fille dort et je me torture. J'aurais dû… j'aurais pu… je savais… si j'avais su… si seulement j'avais… Toutes ces phrases qui courent dans ma tête, toutes les possibilités, ce qui aurait pu mieux fonctionner, ce qui aurait pu prévenir notre dernier esclandre.

Et la nuit, impénétrable, qui ne s'arrête pas. La noirceur qui persiste et qui rend tout tellement plus ardu. Et ma peur, ma grande peur pour Kaï. Où est-elle ? Je tente de l'appeler sur son cellulaire, mais la sonnerie me répond avec ironie, en résonnant dans la pièce voisine.

Mon grand corps lourd contre le matelas. Ma tête remplie de ciment. Mes pensées qui s'enchevêtrent. Je suis entraîné dans un grand labyrinthe d'inconfort et qui ne mène qu'à une multitude de culs-de-sac. Il n'y a pas d'issue, pas de rédemption. Juste la nuit noire et ma douleur qui m'ensorcellent.

Je suis réveillé en sursaut par la sonnette de la porte d'entrée. J'essaie de bouger vite, de sortir du lit et d'aller ouvrir, mais mes jambes, mes bras ne répondent pas à ma volonté. Je suis encastré dans mon lit, telle une momie vivante. La sonnerie insiste, répétée à intervalles réguliers, une alarme de feu avec un ton plaintif de corne de brume. Je réussis enfin à m'extirper de mon lit et c'est presque comme si je flottais jusqu'au bas de l'escalier.

J'ouvre la porte et je suis ébloui par la lumière intense du soleil. Parce qu'il fait maintenant grand jour. La lumière est si vive que je ne vois qu'un grand rectangle illuminé qui déborde du cadre de la porte. La lueur me fait mal aux yeux, j'ai peine à les garder ouverts. Et dans mon cœur, retentit un grand cri d'allégresse, un alléluia silencieux : la nuit maudite a pris fin ! Je souris et plisse les yeux pour mieux voir. Dans la grande clarté du jour nouveau, je distingue vaguement deux silhouettes revêtues d'uniformes qui se tiennent en face de moi.

— Police. C'est pour une identification.

Je n'en crois pas mes oreilles. Identification de quoi, de qui ?

« Nous avons trouvé… »

Je n'écoute même plus. Je hurle :

— Kaï!!!!!

— Monsieur, calmez-vous, reconnaissez-vous ce vêtement ?

Je me calme. La lumière m'aveugle encore, je ne peux pas voir l'objet chiffonné qu'il me présente. Je ne réponds pas.

« Monsieur, répondez ! Reconnaissez-vous ceci ? »

Il s'avance plus près de moi et approche le morceau de linge juste sous mon nez.

Je suis sidéré.

Il met sa main derrière ma tête et appuie fortement le vêtement contre mon nez, comme on le ferait avec un chien qu'on veut punir. Il crie maintenant :

« Vous reconnaissez ceci, oui ou non ? »

Je m'empare du vêtement. Sur la peau de mon visage, je sens la chaleur soyeuse du chandail en cachemire que Kaï portait hier soir. Et puis, je reconnais son odeur. La senteur douce et fruitée qui n'appartient qu'à elle. Je lève les yeux, les officiers ont disparu. Autour de moi, la lumière du jour brille encore plus fort. Il fait chaud, il fait beau, une magnifique journée de printemps. Une grande idée me vient à l'esprit : le paradis ! J'inspire et sens un grand calme s'infiltrer dans mon âme tout entière. Puis comme un coup de poignard, je me souviens : mais où est Kaï dans tout ça ? J'entends un cri strident qui résonne dans l'air chaud. Un cri de femme, qui se transforme en cri de chat qu'on tente d'égorger. Mon cœur s'arrête comme si une main énorme s'était glissée dans ma poitrine et l'enserrait avec une force furieuse et sans merci. Le cri continue, mais se transforme, se mue en sonnerie perçante.

J'ouvre les yeux. Il fait toujours nuit. Le téléphone sonne, juste à côté de mes oreilles, sur ma table de chevet. Je suis complètement désorienté. J'ai un goût métallique dans la bouche et j'ai un peu mal au cœur. La distance que doit parcourir mon bras pour atteindre l'écouteur me semble immense.

Je pose maladroitement le combiné contre mon oreille et j'entends sa voix. Kaï.

— Christophe ?

C'est trop vite, je perds contenance, comme on perd son équilibre quand on tombe trop rapidement sur ses pieds après une chute inattendue.

« Christophe, es-tu là ? Tu dormais ? »

— Uh.

— Christophe es-tu bien là, réponds-moi s'il te plaît.

Ma voix s'étouffe dans un sanglot, j'émets laborieusement le son :

— Kaï…

— Christophe, je suis désolée. Je suis vraiment désolée.

Silence. Je pleure. Et je l'entends qui pleure aussi.

« Je voulais te dire… »

J'essaie de lui répondre :

— Ouais…

Mais je pleure toujours.

— J'ai pris la pilule. La pilule du lendemain.

— …

— C'était trop. C'est plus important. Je ne sais plus…

— Kaï…

Je sanglote toujours. Je pousse un grand soupir avant de continuer :

« Où es-tu ? »

— Chez Seylin. Je vais rester ici pour quelque temps. As-tu besoin d'aide avec Shaya ?

— Non, ça va aller. Je crois…

À mes côtés, la petite forme de ma fille commence à gigoter.

— Kaï, je m'excuse. J'ai été horr…

Elle m'interrompt.

— Ça va Christophe, on est tous en état de choc. On va reparler de tout ça plus tard.

Je recommence à pleurer, comme si sa dernière phrase avait rouvert la brèche.

Shaya se dresse à mes côtés.

— Tu parles à maman. Je peux lui parler ?

— Je te passe Shay… Je t'aime…

J'ai à peine entendu son « moi aussi », murmuré timidement, que Shaya s'empare du téléphone. Elle est visiblement un peu à l'envers elle aussi. Sa petite voix est un peu trop aiguë.

— Maman ?

Elle gigote un peu sur notre lit.

« Chez Seylin ? Pourquoi ? »

Elle ouvre les yeux tout grands alors que Kaï lui répond.

— Oui… ok… je vois…

Son petit visage prend un air très sérieux. Elle s'allonge à mes côtés et hoche la tête tout en écoutant super attentivement.

« Ok maman. Je t'aime ! Gros bisou ! »

Elle tourne le combiné et l'embrasse vigoureusement.

« Je t'aime ! »

Elle raccroche avec soin. Puis la tête sur l'oreiller de sa mère, elle se tourne vers moi. Elle essuie les quelques larmes qui restent sur mes joues. Puis elle fait un drôle de petit minois un peu surpris...

— Qu'est-ce qu'il y a Shayani ?

— Tu piques, un peu, pas beaucoup. Juste un peu...

Elle rit furtivement. Puis son petit visage redevient sérieux.

« Maman m'a dit de te dire qu'elle t'aime. »

Je fais un petit signe affirmatif.

« Elle m'a dit aussi que tu allais peut-être te sentir un peu triste aujourd'hui. »

Je lui souris.

« Elle m'a demandé de prendre bien soin de toi. »

— C'est gentil !

— Elle m'a dit de te raconter des histoires. Elle a dit que quand on est triste, ça fait beaucoup de bien de se faire raconter des histoires... Es-tu triste maintenant ?

— Oui, un peu...

— Bon bien, je commence. Attends un peu.

Elle s'assoit, ferme les yeux et met ses petites mains sur son front pour mieux se concentrer. Puis elle ouvre les yeux, se tourne vers moi.

« Ok, je commence :

Il était une fois un dragon. Un gros dragon rose qui avait les joues... »

Elle me lance un petit regard espiègle.

« Qui avait les joues un peu piquantes... »

Je me cale contre mes oreillers. Derrière Shaya, par la fenêtre de la chambre, le soleil nous envoie son premier faible rayon de la journée. La nuit, la première nuit du temps d'après est terminée. Nous avons réussi, de justesse, à passer au travers… Mon petit bout de Shéhérazade continue avec beaucoup d'aplomb :

« C'était un dragon très gentil, mais un jour il était un peu triste alors la princesse lui a dit : "Viens jouer dans mon jardin, j'ai beaucoup de fleurs qui sont très jolies pour les dragons tristes" et là le dragon il a dit : "OK je viens !" »

VOIX NARRATIVES

Collection dirigée par Marie-Anne Blaquière

BÉLANGER, Gaétan. *Le jeu ultime*, 2001. Épuisé.

BÉRUBÉ, Sophie. *Car la nuit est longue*, 2015.

BLAQUIÈRE, Nathalie. *Boules d'ambiance et kalachnikovs. Chronique d'une journaliste au Congo*, 2013.

BOULÉ, Claire. *Sortir du cadre*, 2010.

BRUNET, Jacques. *Messe grise* ou *La fesse cachée du Bon Dieu*, 2000.

BRUNET, Jacques. *Ah...sh*t ! Agaceries*, 1996. Épuisé.

CANCIANI, Katia. *178 secondes*, 2009.

CANCIANI, Katia. *Un jardin en Espagne. Retour au Généralife*, 2006. Épuisé (réédité en Format Poche).

CHICOINE, Francine. *Carnets du minuscule*, 2005.

CHRISTENSEN, Andrée. *La mémoire de l'aile*, 2010.

CHRISTENSEN, Andrée. *Depuis toujours, j'entendais la mer*, 2007. Épuisé (réédité en Format Poche).

COUTURIER, Anne-Marie. *Le clan Plourde. De Kamouraska à Madoueskak*, 2012.

COUTURIER, Anne-Marie. *L'étonnant destin de René Plourde. Pionnier de la Nouvelle-France*, 2008.

COUTURIER, Gracia. *Chacal, mon frère*, 2010. Épuisé (réédité en Format Poche).

CRÉPEAU, Pierre. *Madame Iris et autres dérives de la raison*, 2007.

CRÉPEAU, Pierre et Mgr Aloys BIGIRUMWAMI, *Paroles du soir. Contes du Rwanda*, 2000. Épuisé.

CRÉPEAU, Pierre. *Kami. Mémoires d'une bergère teutonne*, 1999. Épuisé.

DONOVAN, Marie-Andrée. *Fantômier*, 2005.

DONOVAN, Marie-Andrée. *Les soleils incendiés*, 2004.

DONOVAN, Marie-Andrée. *Mademoiselle Cassie*, 2e éd., 2003.

DONOVAN, Marie-Andrée. *Les bernaches en voyage*, 2001.

DONOVAN, Marie-Andrée. *L'harmonica*, 2000.

Donovan, Marie-Andrée. *Mademoiselle Cassie*, 1999. Épuisé.
Donovan, Marie-Andrée. *L'envers de toi*, 1997.
Donovan, Marie-Andrée. *Nouvelles volantes*, 1994. Épuisé.
Dubois, Gilles. *L'homme aux yeux de loup*, 2005.
Ducasse, Claudine. *Cloître d'octobre*, 2005.
Duhaime, André. *Pour quelques rêves*, 1995. Épuisé.
Fauquet, Ginette. *La chaîne d'alliance*, en coédition avec les Éditions La Vouivre (France), 2004.
Flamand, Jacques. *Mezzo tinto*, 2001.
Flutsztejn-Gruda, Ilona. *L'aïeule*, 2004.
Forand, Claude. *R.I.P. Histoires mourantes*, 2009.
Forand, Claude. *Ainsi parle le Saigneur*, 2006.
Gagnon, Suzanne. *Passeport rouge*, 2009.
Gravel, Claudette. *Fruits de la passion*, 2002.
Harbec, Hélène. *Chambre 503*, 2009. Épuisé (réédité en Format Poche).
Hauy, Monique. *C'est fou ce que les gens peuvent perdre*, 2007.
Henrie, Maurice. *Petites pierres blanches*, 2012.
Jack, Marie. *Mariana et Milcza*, 2015.
Jacquot, Martine L. *Les oiseaux de nuit finissent aussi par s'endormir*, 2014.
Jeansonne, Lorraine M. M. *L'occasion rêvée… Cette course de chevaux sur le lac Témiscamingue*, 2001. Épuisé.
Lamontagne, André. *Les fossoyeurs. Dans la mémoire de Québec*, 2010.
Lamontagne, André. *Le tribunal parallèle*, 2006.
Landry, Jacqueline. *Terreur dans le Downtown Eastside. Le cri du West Coast Express*, 2013.
Lepage, Françoise. *Soudain l'étrangeté*, 2010.
Lévesque, Geneviève. *La maison habitée*, 2014.
Mallet-Parent, Jocelyne. *Celle qui reste*, 2011.
Mallet-Parent, Jocelyne. *Dans la tourmente afghane*, 2009.
Marchildon, Daniel. *Le sortilège de Louisbourg*, 2014.

Marchildon, Daniel. *L'eau de vie (Uisge beatha)*, 2008. Épuisé (réédité en Format Poche).

Martin, Marie-Josée. *Un jour, ils entendront mes silences*, 2012.

Muir, Michel. *Carnets intimes. 1993-1994*, 1995. Épuisé.

Piuze, Simone. *La femme-homme*, 2006.

Resch, Aurélie. *Pars, Ntangu !*, 2011.

Resch, Aurélie. *La dernière allumette*, 2011.

Richard, Martine. *Les sept vies de François Olivier*, 2006.

Robitaille, Patrice. *Le cartel des volcans*, 2013.

Rossignol, Dany. *Impostures. Le journal de Boris*, 2007.

Rossignol, Dany. *L'angélus*, 2004.

Thériault, Annie-Claude. *Quelque chose comme une odeur de printemps*, 2012.

Tremblay, Micheline. *La fille du concierge*, 2008.

Tremblay, Rose-Hélène. *Les trois sœurs*, 2012.

Vickers, Nancy. *La petite vieille aux poupées*, 2002.

Younes, Mila. *Nomade*, 2008.

Younes, Mila. *Ma mère, ma fille, ma sœur*, 2003.

Couverture : ©Marco Maccarini Photography (iStock Photos)
Photographie de l'auteure : Ming Bérubé-Sam
Maquette et mise en pages : Anne-Marie Berthiaume
Révision : Frèdelin Leroux

www.ingramcontent.com/pod-product-compliance
Ingram Content Group UK Ltd.
Pitfield, Milton Keynes, MK11 3LW, UK
UKHW032046260826
14628UKWH00008B/3207

9 782895 974390